Ricardo Pinto e Silva

Rir ou Chorar

Ricardo Pinto e Silva

Rir ou Chorar

Rodrigo Capella

imprensaoficial

São Paulo, 2007

Governador   José Serra

Imprensa Oficial do Estado de São Paulo

Diretor-presidente   Hubert Alquéres

Diretor Vice-presidente   Paulo Moreira Leite
Diretor Industrial   Teiji Tomioka
Diretor Financeiro   Clodoaldo Pelissioni
Diretora de Gestão Corporativa   Lucia Maria Dal Medico
Chefe de Gabinete   Vera Lúcia Wey

Coleção Aplauso Série Cinema Brasil

Coordenador Geral   Rubens Ewald Filho
Coordenador Operacional
e Pesquisa Iconográfica   Marcelo Pestana
Projeto Gráfico   Carlos Cirne
Editoração   Aline Navarro
Assistente Operacional   Felipe Goulart
Tratamento de Imagens   José Carlos da Silva
Revisão   Amancio do Vale
Dante Pascoal Corradini
Sarvio Nogueira Holanda

Apresentação

> *"O que lembro, tenho."*
> Guimarães Rosa

A *Coleção Aplauso*, concebida pela Imprensa Oficial, tem como atributo principal reabilitar e resgatar a memória da cultura nacional, biografando atores, atrizes e diretores que compõem a cena brasileira nas áreas do cinema, do teatro e da televisão.

Essa importante historiografia cênica e audiovisual brasileiras vem sendo reconstituída de maneira singular. O coordenador de nossa coleção, o crítico Rubens Ewald Filho, selecionou, criteriosamente, um conjunto de jornalistas especializados para realizar esse trabalho de aproximação junto a nossos biografados. Em entrevistas e encontros sucessivos foi-se estreitando o contato com todos. Preciosos arquivos de documentos e imagens foram abertos e, na maioria dos casos, deu-se a conhecer o universo que compõe seus cotidianos.

A decisão em trazer o relato de cada um para a primeira pessoa permitiu manter o aspecto de tradição oral dos fatos, fazendo com que a memória e toda a sua conotação idiossincrásica aflorasse de maneira coloquial, como se o biografado estivesse falando diretamente ao leitor.

Gostaria de ressaltar, no entanto, um fator importante na *Coleção*, pois os resultados obtidos ultrapassam simples registros biográficos, revelando ao leitor facetas que caracterizam também o artista e seu ofício. Tantas vezes o biógrafo e o biografado foram tomados desse envolvimento, cúmplices dessa simbiose, que essas condições dotaram os livros de novos instrumentos. Assim, ambos se colocaram em sendas onde a reflexão se estendeu sobre a formação intelectual e ideológica do artista e, supostamente, continuada naquilo que caracterizava o meio, o ambiente e a história brasileira naquele contexto e momento. Muitos discutiram o importante papel que tiveram os livros e a leitura em sua vida. Deixaram transparecer a firmeza do pensamento crítico, denunciaram preconceitos seculares que atrasaram e continuam atrasando o nosso país, mostraram o que representou a formação de cada biografado e sua atuação em ofícios de linguagens diferenciadas como o teatro, o cinema e a televisão – e o que cada um desses veículos lhes exigiu ou lhes deu. Foram analisadas as distintas linguagens desses ofícios.

Cada obra extrapola, portanto, os simples relatos biográficos, explorando o universo íntimo e psicológico do artista, revelando sua autodeterminação e quase nunca a casualidade em ter se tornado artista, seus princípios, a formação de sua personalidade, a *persona* e a complexidade de seus personagens.

São livros que irão atrair o grande público, mas que – certamente – interessarão igualmente aos nossos estudantes, pois na *Coleção Aplauso* foi discutido o intrincado processo de criação que envolve as linguagens do teatro e do cinema. Foram desenvolvidos temas como a construção dos personagens interpretados, bem como a análise, a história, a importância e a atualidade de alguns dos personagens vividos pelos biografados. Foram examinados o relacionamento dos artistas com seus pares e diretores, os processos e as possibilidades de correção de erros no exercício do teatro e do cinema, a diferenciação fundamental desses dois veículos e a expressão de suas linguagens.

A amplitude desses recursos de recuperação da memória por meio dos títulos da *Coleção Aplauso,* aliada à possibilidade de discussão de instrumentos profissionais, fez com que a Imprensa Oficial passasse a distribuir em todas as bibliotecas importantes do país, bem como em bibliotecas especializadas, esses livros, de gratificante aceitação.

Gostaria de ressaltar seu adequado projeto gráfico, em formato de bolso, documentado com iconografia farta e registro cronológico completo para cada biografado, em cada setor de sua atuação.

A *Coleção Aplauso,* que tende a ultrapassar os cem títulos, se afirma progressivamente, e espera contemplar o público de língua portuguesa com o espectro mais completo possível dos artistas, atores e diretores, que escreveram a rica e diversificada história do cinema, do teatro e da televisão em nosso país, mesmo sujeitos a percalços de naturezas várias, mas com seus protagonistas sempre reagindo com criatividade, mesmo nos anos mais obscuros pelos quais passamos.

Além dos perfis biográficos, que são a marca da *Coleção Aplauso,* ela inclui ainda outras séries: *Projetos Especiais,* com formatos e características distintos, em que já foram publicadas excepcionais pesquisas iconográficas, que se originaram de teses universitárias ou de arquivos documentais pré-existentes que sugeriram sua edição em outro formato.

Temos a série constituída de roteiros cinematográficos, denominada *Cinema Brasil,* que publicou o roteiro histórico de *O Caçador de Diamantes,* de Vittorio Capellaro, de 1933, considerado o primeiro roteiro completo escrito no Brasil com a intenção de ser efetivamente filmado. Paralelamente, roteiros mais recentes, como o clássico *O Caso dos Irmãos Naves,* de Luis Sérgio Person, *Dois Córregos,* de Carlos Reichenbach, *Narradores de Javé,* de Eliane Caffé, e *Como Fazer um Filme de Amor,* de José Roberto Torero, que deverão se tornar bibliografia básica obrigatória para as escolas de cinema, ao mesmo tempo em que documentam essa importante produção da cinematografia nacional.

Gostaria de destacar a obra *Gloria in Excelsior,* da série *TV Brasil,* sobre a ascensão, o apogeu e a queda da TV Excelsior, que inovou os procedimentos e formas de se fazer televisão no Brasil. Muitos leitores se surpreenderão ao descobrirem que vários diretores, autores e atores, que na década de 70 promoveram o crescimento da TV Globo, foram forjados nos estúdios da TV Excelsior, que sucumbiu juntamente com o Grupo Simonsen, perseguido pelo regime militar.

Se algum fator de sucesso da *Coleção Aplauso* merece ser mais destacado do que outros, é o interesse do leitor brasileiro em conhecer o percurso cultural de seu país.

De nossa parte coube reunir um bom time de jornalistas, organizar com eficácia a pesquisa documental e iconográfica, contar com a boa vontade, o entusiasmo e a generosidade de nossos artistas, diretores e roteiristas. Depois, apenas, com igual entusiasmo, colocar à disposição todas essas informações, atraentes e acessíveis, em um projeto bem cuidado. Também a nós sensibilizaram as questões sobre nossa cultura que a *Coleção Aplauso* suscita e apresenta – os sortilégios que envolvem palco, cena, coxias, *set* de filmagens, cenários, câmeras – e, com referência a esses seres especiais que ali transitam e se transmutam, é deles que todo esse material de vida e reflexão poderá ser extraído e disseminado como interesse que magnetizará o leitor.

A Imprensa Oficial se sente orgulhosa de ter criado a *Coleção Aplauso*, pois tem consciência de que nossa história cultural não pode ser negligenciada, e é a partir dela que se forja e se constrói a identidade brasileira.

Hubert Alquéres
Diretor-presidente da
Imprensa Oficial do Estado de São Paulo

*A uma grande mulher que,
em muitos momentos, me fez rir e,
em muito poucos, chorar.*

Rodrigo Capella

Prólogo

Duas idéias latejavam em minha mente, pedindo para serem concretizadas. A primeira era escrever uma biografia detalhada sobre a carreira do cineasta Ricardo Pinto e Silva. Muitos podem achar que o Ricardo é jovem demais para ganhar tal registro, outros podem até dizer que ele ainda não é famoso o suficiente e por isso não merece a biografia, porém a verdade é que Ricardo é um diretor completo.

Completo porque aproveitou todos os ensinamentos da faculdade, da profissão e da vida pessoal e familiar, transformando-os em cinema. Completo porque teve paciência e persistência para conhecer a maioria dos detalhes e técnicas cinematográficos para depois aplicá-los no momento adequado. Completo porque não forçou a sua evolução cinematográfica, deixando-a acontecer, como mais um elemento na ordem natural das coisas. Por tudo isso, é que nunca desisti de escrever um livro sobre o Ricardo.

A segunda idéia que tanto me perturbava, mas que provocava ruídos em menores proporções, era fazer um curso de Cinema. Nele, poderia aprender um pouco mais sobre as técnicas, histórias e mudanças do Cinema e enriquecer o meu conhecimento. Esse projeto deixei para segundo plano, pois não era a hora certa.

A primeira medida adotada foi entrar em contato com o Ricardo, enviando-lhe uma mensagem e informando que gostaria de escrever um livro sobre a trajetória dele. Rapidamente, o cineasta respondeu, mas sem mencionar se gostava ou não da idéia. Fiquei tenso, meio inquieto e mergulhei em momentos de reflexão pura. Ricardo pediu apenas que eu ligasse para ele e não foi além disso. Olhei para o relógio, observei que faltavam poucos minutos para as cinco da tarde e não hesitei em telefonar. Ele se mostrou muito contente com a idéia e, nessa hora, respirei mais aliviado. O suspense inicial estava se transformando numa aceitação concreta, pois Ricardo havia dado o sinal verde e eu poderia escrever o livro.

Marcamos um almoço, pois o diretor queria saber detalhes do projeto. Tínhamos nos falado algumas vezes por *e-mail*, contudo não chegamos a nos conhecer pessoalmente. Sabia, entretanto, que era comum as pessoas se falarem virtualmente e depois se encontrarem cara a cara. Na recepção da produtora de Bob Costa, a CCFBR, onde Ricardo estava trabalhando, pensei em vários tópicos que poderia abordar no livro. Aos poucos, os fui memorizando e o projeto ganhou algumas características próprias.

Entre uma garfada e outra, conversamos, primeiramente, sobre a melhor aceitação do cinema nacional por parte do público e sobre os vários eventos e festivais que revelavam novos trabalhos e apresentavam diretores muitas vezes desconhecidos dos espectadores. Ricardo comentou sobre o seu mais recente longa, *Querido Estranho*, que alguns meses depois, no dia 23 de julho de 2004, entraria em cartaz. Relatou-me as dificuldades de se realizar um filme desse porte, destacou que teríamos muitos assuntos a enfatizar no livro e contou algumas histórias fascinantes e curiosas, porém observou que teríamos um grande problema quando a biografia ficasse pronta: afinal, qual o melhor caminho para se publicar um livro específico de Cinema?

Pensamos, momentaneamente, em alguns trabalhos já publicados e destacamos os nomes de algumas editoras, pois esse poderia ser um caminho. Após a finalização do projeto, levaríamos o livro até elas. Pensamos também numa publicação independente, mas, para isso, precisaríamos de patrocínio. Mudamos de assunto e falamos um pouco mais sobre *Querido Estranho* e sobre outros projetos que Ricardo estava planejando, porém não adiantava: o foco principal de nossa conversa era a biografia dele. Por mais que tentássemos, o que falávamos acabava voltando à possibilidade de publicação do livro. Comentei que Rubens Ewald Filho estaria, em breve, lançando os primeiros volumes da *Coleção Aplauso*, formada entre outras coisas por biografias e roteiros de cineastas brasileiros.

Priorizamos essa hipótese, descartamos, momentaneamente, as duas anteriores e a idéia começou a ganhar uma luz definida, mas ainda não tão real e compacta. Acertamos que eu entraria em contato com o Rubens e o sondaria a respeito da possibilidade. Demos a última garfada e nos despedimos com a esperança de ver o livro publicado.

Horas depois, escrevi ao Rubens, contando-lhe que tinha a intenção de escrever a biografia do Ricardo e sugerindo que ela fosse incluída na *Coleção Aplauso*. Ele mostrou-se satisfeito com a idéia, porém, acertadamente, disse que ainda não era o momento adequado para prepararmos o livro. Tudo tem o seu tempo certo para acontecer e pressenti, naquele momento, que o da biografia poderia ser após o lançamento de *Querido Estranho*. Comuniquei a decisão para o Ricardo e, apesar da negativa, não nos abatemos, pois estávamos confiantes de que algum dia a idéia seria concretizada.

Passei a me dedicar a outros projetos e Ricardo realizou alguns trabalhos, deixando o projeto um pouco de lado. Contudo, nunca achamos que esse abandono seria definitivo. Continuamos a nos falar por telefone e por *e-mail*, trocando informações e conhecimentos sobre o mundo do Cinema. De certa forma, estávamos alimentando a idéia, a idéia da biografia. Das linhas sendo preenchidas a cada toque do teclado, das informações sendo colhidas a cada entrevista, dos dados sendo acrescentados quando necessários e das fotos ilustrando as afirmações, curiosidades e histórias. Alimentamos bastante e a idéia ganhou cada vez mais força. E quando acontece isso, um projeto só pode percorrer dois caminhos: a compactação de uma luz própria ou a autodestruição imediata. A biografia rapidamente absorveu a luz necessária e se materializou quando Ricardo me deu a grande notícia: ele havia se encontrado com Rubens no Festival de Gramado de 2004 e recebeu a notícia de que o momento havia chegado. Ao final da mensagem, enviada via *e-mail*, o cineasta deixou uma pergunta, que, naquele momento, eu não precisava responder: *Vamos retomar o projeto?*

Perguntei quando poderíamos nos reunir para acertar os detalhes, pois queria colocar a mão na massa e começar a escrever o quanto antes. Alguns dias se passaram e Ricardo não retornou o meu *e-mail*. Bastante ocupado, o cineasta estava no Rio Grande do Sul, gravando uma minissérie para a televisão portuguesa RTP1 e só estaria em São Paulo no dia 15 de novembro de 2004. Enquanto esse dia não chegava, entrei em contato com Marcelo Pestana, que me passou todas as instruções da *Coleção Aplauso*, as quais li atentamente e comecei a redigir algumas perguntas. A biografia precisava ser entregue no começo de fevereiro, pois o lançamento estava previsto para o primeiro semestre de 2005. Estávamos em novembro, faltando poucos meses para o término do trabalho. Para fazer algumas perguntas e solucionar determinadas dúvidas, conversei algumas vezes com o Marcelo, que me convidou para ir ao lançamento de mais alguns volumes da *Coleção Aplauso* na Mostra Internacional de Cinema de São Paulo de 2004. Lá, conheci pessoalmente o Rubens e o Marcelo e trocamos algumas palavras. Uma frase dita por Rubens sinalizou que a biografia ganharia vida: *Quero ver o livro em breve.*

Ao todo, fizemos quatro reuniões. A primeira reunião, ou melhor, encontro, como preferiu chamar o próprio Ricardo, aconteceu no dia 17 de novembro. Após terminar, no dia 14 de novembro, as filmagens da minissérie portuguesa *O Segredo*, o diretor deu uma passada no Rio de Janeiro e, depois, veio até São Paulo para resolver umas pendências e para conversarmos sobre o livro. Definimos a linha editorial a ser seguida e destacamos que daríamos grande ênfase ao momento em que ele descobriu o Cinema, aos estudos dele no colégio, às técnicas que ele usou e ainda usa durante as filmagens, e as lições que ele recebeu ao longo da carreira.

Logo nas primeiras palavras pronunciadas, percebi o quanto Ricardo é apaixonado por Cinema e o quanto o Cinema faz parte da vida de um cineasta com longo currículo, construído em algumas fases marcantes. Na primeira, ele se dedicou ao curta-metragem, sendo produtor, co-diretor, montador e diretor. Num segundo momento, apostou no longa-metragem e foi assistente de direção, diretor-assistente, roteirista e produtor-executivo, para mais tarde dirigir o primeiro filme. Depois, contrariou todas as expectativas e, ao invés de dirigir o segundo filme, atuou como diretor-assistente e produtor-executivo, para futuramente filmar *Querido Estranho*. Contudo, não foi no Cinema que Ricardo começou a carreira. Antes de chegar à Sétima Arte, ele deu uma passada pela Rede Bandeirantes, onde trabalhou na produção de *A Filha do Silêncio*, dirigida por Antonino Seabra, e de *Os Imigrantes*, comandada por Henrique Martins. Por ter essa carreira rica e tão complexa, é que seus trabalhos sempre me chamaram a atenção.

Durante o primeiro encontro, Ricardo acrescentou um fato novo: *Esta semana fui convidado para fazer a revisão de um roteiro. Imaginei que, no mês de dezembro de 2004, cuidaria desse projeto e teria tempo para conceder entrevistas para o livro, porém acabei recebendo um outro convite: ser diretor-assistente de uma produção B.O (baixo orçamento).* O filme em questão era *Heróis da Liberdade* e seria comandando por Lucas Amberg, o mesmo diretor do longa *Caminho dos Sonhos* (1999), que retrata o amor de dois jovens numa cidade de São Paulo bem agitada.

Nessas horas, sempre surgem perguntas com conotação de dúvida como *E agora, o que faremos?*, ou ainda questionamentos tristes do porte de *Teremos que abandonar o projeto?*, mas, ao mesmo tempo que apresentou o fato, Ricardo trouxe uma solução que suavizou a informação, sem que ela se tornasse um entrave. Ele convidou-me para ir até Londrina, onde seria realizado o filme. Aceitei a proposta e minha permanência nessa cidade acabou rendendo o próximo capítulo deste livro, intitulado *Viagem do Acaso*, nome sugestivo para uma viagem inesperada.

O primeiro encontro foi muito produtivo e consegui acumular preciosas informações para o andamento do projeto, porém a cada toque que eu dava e construía uma linha, um parágrafo e uma página, pensava na viagem para Londrina.

No começo deste prólogo, disse que duas idéias latejavam em minha mente, pedindo para serem concretizadas. A primeira era a biografia do Ricardo, que conseguimos cumprir nos prazos estabelecidos e cujo resultado pode ser conferido nas próximas páginas. Os encontros com o diretor renderam um maior aprendizado sobre técnicas, histórias e mudanças do Cinema e enriqueceram o meu conhecimento. Depois dessa experiência, fazer um curso de Cinema não terá o mesmo encanto. Fazê-lo ainda é necessário e sempre será, mas não com a mesma intensidade que era antes. Espero que você tenha uma boa leitura e que as curiosidades, técnicas e histórias da Sétima Arte contagiem positivamente os seus pensamentos, iluminando-os e fazendo com que você goste cada vez mais de Cinema, assim como o Ricardo fez comigo.

Rodrigo Capella

Aos escritores e roteiristas Joana Fomm, Marcos Caruso, Jandira Martini, Maria Adelaide Amaral, Cláudia Tajes, Nelson Motta, Lídia Rosenberg Aratangy, Marcelo Carneiro Cunha, Renato Tapajós, Isabel Vieira, Márcia Kupstas, Sérgio Sant´Anna, Lourenço Cazarré, Fernando Bonassi, Gilberto Dimenstein, Regina Redha, Dagomir Marquezi, Eurico Cazarré, Lulu Silva Telles, Patrícia Müller e Fabiana Egrejas por acreditarem nas minhas idéias ainda que não soubessem aonde elas levariam; aos produtores Hamilton Zini Jr. e Cristina Prochaska por me apoiarem e por viabilizarem os projetos; ao Dr. Hélio Mendonça Lima por ser o meu primeiro patrocinador; à diretoria e equipe das distribuidoras Riofilme, Imagem Filmes e Globo Filmes por levarem os meus filmes ao grande público; ao cineasta e sempre amigo Guilherme de Almeida Prado por me dar o primeiro e atual emprego; e ao companheiro Caito Junqueira por ter transformado nossos sonhos em realidade

Ricardo Pinto e Silva

Capítulo I

Viagem do Acaso

O recepcionista do hotel olhou em minha direção e disse: *O hóspede do apartamento 107 o aguarda no restaurante da piscina*. Agradeci a informação e fui até o local indicado. Lá encontrei o cineasta Ricardo Pinto e Silva e, sob um sol escaldante do dia 5 de dezembro, iniciamos a nossa segunda entrevista (a primeira havia sido em São Paulo). Com empolgação e entusiasmo, Ricardo engatou a primeira e falou, detalhou e explicou cada um dos filmes de que participou. Na verdade, não foi exatamente assim: *Com empolgação e entusiasmo, Ricardo engatou a primeira e começou a falar, explicar e detalhar cada um de seus filmes, mas...*

Mas... O que era sol virou, rapidamente, tempo nublado, com ventos fortes, chuva tensa e até raios. Mesas caíram, cadeiras viraram e cortinas balançaram como se dançassem balé.

Interrompemos o diálogo para continuá-lo mais tarde, na hora do jantar.

Horas depois, retomamos alguns pontos e fomos conversando até às dez e meia da noite, um total de aproximadamente oito horas de entrevista, divididas em duas partes: uma antes e outra depois do temporal. Continuamos a falar sobre os filmes restantes, com a exceção de *Sua Excelência, o Candidato* e *Querido Estranho*, longas dirigidos pelo Ricardo. Preferi deixá-los para uma outra entrevista, pois tinha muitas perguntas a fazer sobre eles. Normalmente, não gosto de fazer entrevistas tão longas quanto as que fiz em Londrina, porém o momento era propício e o tema exigia uma verdadeira volta ao passado, um retorno aos primeiros trabalhos do cineasta. Eu tenho fé e acredito na teoria de que, quanto mais estimulamos a memória, mais ela fica precisa e mais informações corretas obtemos.

Ao término desse terceiro encontro, Ricardo convidou-me para acompanhar um dia de preparação de *Heróis da Liberdade*, que seria dirigido por Lucas Amberg. O filme tem como pano de fundo o aniversário de uma cidade do interior do Brasil e conta uma história recheada por acontecimentos engraçados, políticos e reflexivos. Os jornais da cidade, *Folha de Londrina* e *Jornal de Londrina*, deram, no mês de novembro de 2004, grande destaque ao projeto. O primeiro observava que *Depois de* Gaijin 2*, de Tizuka Yamazaki, um novo longa-metragem será rodado em Londrina, já o segundo trouxe um quadro informando que o custo do longa será de R$ 931 mil, segundo a*

Amberg Filmes. Portanto, um projeto B.O (baixo orçamento), como havia adiantado o Ricardo. O material estava exposto na sala de reuniões da equipe responsável pela execução do filme. Quem quisesse poderia folheá-los e até mesmo fazer anotações, como foi o meu caso.

Minha visita ao escritório da Amberg Filmes mostrou-se fundamental para que eu compreendesse as funções exercidas por um diretor-assistente (no caso, o Ricardo) e para que entendesse a importância dele na execução e manutenção de um projeto. Ao longo do dia 6 de dezembro, Ricardo organizou o calendário das equipes, enumerando as tarefas de cada uma; fez uma *checklist* geral para verificar se faltava alguma coisa a ser feita, algum elemento ainda não pontuado; orientou as equipes sobre os cachês dos atores; e esquematizou algumas estratégias para atrair investidores para o filme. As tarefas não pararam por aí e Ricardo recebeu uma nova versão do roteiro, que trazia mais momentos de ação, como uma cena em que o prefeito João Cubas se levanta, após apresentar uma perda momentânea dos movimentos do corpo. Essa parte do filme seria narrada por um outro personagem, mas o diretor e roteirista Lucas Amberg decidiu dar vida própria a ela. Depois de ler o roteiro e fazer a análise técnica do novo material (as etapas dessa tarefa serão contadas num próximo capítulo do livro), Ricardo dedicou um tempo para orçar e comprar o filme a ser usado no longa e se mostrou prestativo para dar idéias e sugestões, sempre que solicitadas pelo diretor ou por alguém da equipe de direção, composta também pela segunda-assistente Carla Bohler e pela terceira-assistente Débora Bruno, tornando-se um consultor, ou melhor, um capitão, como preferiu definir o diretor Lucas Amberg.

Durante a pouca convivência que tive com os profissionais do filme, percebi que no escritório havia pessoas que estavam se dedicando ao máximo para a realização do projeto. No entanto, esse comportamento ultrapassou os muros da Amberg Filmes e pude perceber que *Heróis da Liberdade* contava com um grande apoio da população local. A Prefeitura de Londrina, associações de moradores, fornecedores de equipamentos, órgãos públicos e empresas privadas apostavam as suas fichas no sucesso do longa-metragem. A Prefeitura da cidade, por exemplo, cedeu o terreno para a construção da cidade cenográfica, que quando ficar pronta terá réplicas de grandes ícones de Londrina, como a Concha Acústica, a Praça da Liberdade e a Câmara Municipal. Essa estrutura está sendo construída no Parque do Igapó, um lugar muito interessante, pois, segundo Ricardo, possibilitará que as pessoas acompanhem as filmagens e ampliem seus conhecimentos sobre Cinema. As parcerias firmadas por Lucas Amberg e o desafio de realizar uma produção sem muitos recursos chamou a atenção do Ricardo, que, apesar de ter participado em mais de vinte filmes, achou o projeto interessante e rapidamente aceitou participar. *Heróis da Liberdade* será filmado em duas etapas: de 10 a 23 de dezembro de 2004 e, depois, de 3 a 15 de janeiro, com a presença de atores nascidos em Londrina e em outras cidades paranaenses.

Quando a visita estava quase acabando, Ricardo apresentou-me o roteiro de seu futuro longa-metragem, *Dores, Amores e Assemelhados,* vencedor do Protocolo de Co-produção Brasil-Portugal e ainda em fase de captação de recursos financeiros. Baseado no romance de Cláudia Tajes e com roteiro da portuguesa Patrícia Muller, trata-se de uma comédia romântica, bem ao gosto popular, cuja cena de abertura mostra um casal se amando dentro de um carro. Não é possível distinguir quais as pernas dele e quais as dela. Um projeto que tem tudo para dar certo! Antes que eu saísse da Amberg Filmes, Ricardo lembrou de mais um projeto seu, o filme *Insônia*: uma menina de 15 anos, órfã de mãe, faz de tudo para encontrar uma companheira para seu pai, um cientista de 43 anos. Nesse projeto, Ricardo vai exercer o papel de produtor-executivo. *Insônia* venceu o Prêmio RGE/Governo RS de Cinema e vai ser dirigido por Beto Souza, de *Neto Perde a sua Alma* (2001).

Na quarta e última entrevista (dia 7 de dezembro), falamos sobre os pontos pendentes, que me renderam mais uma fita cassete cheia, num total de quatro, uma anteriormente preenchida em São Paulo e três completadas em Londrina. O meu gravador estava pedindo férias de pelo menos trinta dias, mas mal sabia ele que o trabalho estava apenas começando e que iniciaríamos em breve a decupagem. Decidimos, durante essa conversa, que o livro seria estruturado da seguinte forma: um capítulo destacando o amadurecimento do cineasta; um enfatizando a formação dele; e os demais abordando as funções que o Ricardo exerceu em longa-metragem (assistente de direção, diretor-assistente, roteirista, produtor-executivo e diretor de produção), acompanhadas dos respectivos longas. A função "diretor" não entrou na lista, pois achamos que os dois filmes dirigidos pelo Ricardo mereciam um destaque maior. Teremos, ao longo deste livro, um capítulo destinado a cada um desses longas. Portanto, não estranhe se, nas páginas dedicadas ao produtor-executivo e ao roteirista, não aparecer *Sua Excelência, o Candidato* e *Querido Estranho*. Acreditamos que essa estrutura irá facilitar a leitura e o encontro das informações. Espero que agrade!

Depois que o esboço do livro ficou pronto, Ricardo e eu fizemos outras reuniões, para que eu pudesse complementar as informações e deixar o presente registro o mais completo possível. Algumas partes foram ajustadas e outras corrigidas, trechos foram introduzidos e detalhes esclarecidos. Neste exato momento, recebo a informação de que Ricardo irá participar do filme *Onde Andará Dulce Veiga?*, de Guilherme de Almeida Prado.

Capítulo II

Amadurecimento

Ricardo foi uma criança muito agitada. Buscava fazer coisas novas a todo instante, tomando sempre a iniciativa.
Eduardo Luiz Pinto e Silva
pai

Sou um apaixonado por fotografias. Tão apaixonado que, sempre que possível, abro os álbuns e recordo momentos aparentemente sem importância, mas que marcaram bastante a minha infância. Momentos de alegria, sofrimento e de pura emoção. Momentos de ação, de iniciativa e de descobertas. Simplesmente momentos, que se iniciam em 14 de agosto de 1961, na cidade de São Paulo.

Gostaria de comentar três imagens que me são recorrentes. Talvez eu me lembre delas porque conheço bem as fotos, talvez eu goste e lembre das fotos por ter guardado essas imagens vivas na memória. Um jipe de brinquedo!

Um jipe que me transportava para um mundo imaginário, onde me via como um adulto, tomando o meu destino. Um sorvete de limão! Um sorvete com sabor ácido e doce, uma sensação de prazer e o desconforto trazido pelo calor que o derretia e me lambuzava. A crítica que receberia se sujasse a minha roupa de domingo e o olhar exigente de meu irmão mais velho, Maurício Pinto e Silva. Dor e choro! Dor e choro, pois nunca entendi porque não pude posar do jeito que queria.

Meu irmão Maurício puxou-me a orelha e até hoje não sei o motivo. Apareci chorando na foto. Não gostei desse dia, pois queria estar sorrindo.

As duas primeiras fotos foram tiradas no quintal da casa dos meus avós maternos, Lincoln Junqueira de Azevedo e Esther Yolanda Bianco de Azevedo, a Dadá, e revelam uma deliciosa convivência que eu tive com eles. Meu pai trabalhava numa indústria que exportava vagões e material ferroviário e minha mãe, Maria Lucila Pinto e Silva, era dona de casa. Uma família muito bem estruturada e tradicional da cidade de São Paulo. Ele viajava bastante, para os mais variados lugares do planeta Terra. As viagens eram muito longas, levavam entre 40 e 60 dias e, na maioria das vezes, minha mãe o acompanhava. Na ausência dos pais, contava com o apoio dos meus avós maternos e também dos paternos, Accacio Pinto e Silva e Helena Vicente de Azevedo. Eram momentos muito felizes, realmente prazerosos, pois eles conseguiam me fazer rir e eu me divertia muito. A ausência de meus pais era preenchida pelo afeto e amizade de meus avós e tios. Ganhava ainda a mudança de rotina: novos quartos, quintais e ruas para morar e brincar. Não havia lugar para saudade porque todo dia parecia ser novo, diferente e divertido.

Meu primeiro contato com o cinema foi nessa época. O avô Lincoln tinha uma filmadora 16 mm e um projetor. Todos os domingos, ele reunia a família para almoçar e assistíamos diversos filmes da Disney e do Carlitos, da mesma forma como, hoje, as famílias se reúnem para assistir a um DVD. Não saberia dizer os nomes dos filmes, porém sei que foram muitos. O meu avô ia até as distribuidoras e alugava alguns longas-metragens. Gostava de manipular o rolo e de examiná-lo, percebendo que ele era constituído de fotogramas e ajudando a reposicionar a correia de plástico vermelho que insistia em escapar das polias desgastadas do projetor Bell & Howell.

Ficava intrigado com o funcionamento da máquina tanto quanto com as imagens e sons dos filmes.

Assistia também a muito desenho animado na televisão, como *Pica-Pau, Popeye, Manda Chuva* e *Zé Colméia*, e a seriados como *Ultraman, Zorro, Terra de Gigantes* e *Nacional Kid*, mas a grande atração, a mais esperada por toda a família, eram, sem dúvida, os filmes feitos por meu avô Lincoln. Ele era um cineasta amador e adorava fazer filmes caseiros e nos mostrar suas produções. Uma delas se chamava *Rir ou Chorar*, um curta-metragem, no qual a minha mãe foi uma das protagonistas. O filme tinha um título muito interessante, afinal rir e chorar são os dois sentimentos mais importantes que temos e representam de forma completa os anseios e desejos do ser humano. Temos sofrimentos, emoções, comoções e alegrias representados pelo riso e pelo choro. *Rir ou Chorar* foi feito quando minha mãe tinha seis anos. Assisti muitas vezes a esse filme e gostava de ver as roupas, atitudes e posturas antigas, muito diferentes da época em que eu era criança.

Minha avó materna me levava com bastante freqüência ao cinema para assistir aos filmes da Walt Disney, tais como *Se Meu Fusca Falasse* (1969), de Robert Stevenson. Esse longa-metragem mudou a minha maneira de pensar. Antes, eu era um cinéfilo passivo, aceitava tudo o que era passado na telona. Depois de assistir a essa produção, passei a questionar como os longas-metragens eram feitos e quis saber quais os recursos e técnicas que eram utilizados durante o processo. Foi uma evolução na minha maneira de pensar e agir. Queria saber como o carro falava, como o fusca empinava e andava de lado, como...

Na fazenda dos avós, em Campinas, 1965

Percebi, nesse momento, que o cinema era feito de truques, de ilusões.

No entanto, não assistia apenas a filmes estrangeiros. Minha avó Esther também me levava para ver as produções nacionais, pois gostava muito dos filmes de Roberto Carlos. O primeiro que vi se chamava *Roberto Carlos e o Diamante Cor-de-rosa* (1970), de Roberto Farias, porém esse foi apenas o começo e, ao longo dos anos, me tornei um espectador fiel dos longas-metragens do Rei

da música e do programa *Jovem Guarda*, exibido pela TV Record e comandado por Wanderléa, Roberto Carlos e Erasmo Carlos. Dividia esse prazer de observar a *Jovem Guarda* nas várias visitas que fazia à fazenda de meus avós maternos, em Campinas. Era amigo dos colonos, brincava com os filhos deles e observava os animais, principalmente, o Leviano, um cavalo baixinho, mas que me parecia muito grande, grande mesmo.

Depois, com o passar dos anos, em minha percepção ele foi ficando pequeno, cada vez menor. Essa sensação visual é muito interessante. Uma hora, temos a certeza de que um animal é grande, passado alguns anos, ele fica pequeno. Ia à fazenda nos fins de semana e nas férias, época em que também viajava para Santa Rita do Passa Quatro, interior de São Paulo. Lá moravam meus tios Lincoln Azevedo Neto e Ana Maria Azevedo. A pequena cidade, de estrutura muito rural, possuía um único cinema. Eu e os meus primos Quico, Francisco, Renata e Ana Paula batíamos ponto no Cine Mirela para assistir a algum filme do Mazzaropi: *Um Caipira em Bariloche* (1973), de Pio Zamuner e Amácio Mazzaropi, e *Jeca e seu Filho Preto* (1978), de Pio Zamuner e Berilo Faccio.

O Cine Mirela exibia um espetáculo de luzes antes do início das sessões, que eram anunciadas pela batida de um gongo. Acalmava-me e passava a ouvir ruídos de risadas, doces mastigados e pipoca sendo devorada. Eu ia aos cinemas para assistir apenas filmes, pois, na minha época de infância, os seriados não passavam mais na telona. A geração de meus queridos avós chegou a acompanhar essas produções, que tiveram o apogeu na década de 40 e, simplesmente, terminaram nos anos seguintes. Quando algum tipo de arte atinge o chamado *boom*, ela tende, na maioria das vezes, a decair ou até mesmo a se extinguir. Só tive oportunidade de acompanhar os seriados pela televisão, mas com certeza, seria melhor tê-los visto no cinema.

As férias não duravam muito. Até porque eu era um estudante e, como todo estudante, tinha tarefas para fazer e também precisava freqüentar as aulas, que foram muito interessantes e que me fizeram refletir sobre muitas coisas. O meu primeiro contato com as palavras foi na Escola Jockey Club de São Paulo. Lá, estudei do jardim da infância até a terceira série do ginásio. Foi muito divertido, fiz amigos e acumulei conhecimentos sobre vários assuntos.

Entretanto, a melhor parte ainda estava por vir. No ano seguinte, fui transferido para o Colégio Santa Cruz, entrando diretamente na quarta série. Esse colégio tornou-se um lar, pois fiz grandes amizades e tive o prazer de conviver com a maioria delas até o terceiro ano do colegial. Foram oito anos estimulantes, e não me recordo somente dos alunos. Os professores me influenciaram bastante e isso aconteceu com grande ênfase na sétima série, quando tive uma matéria chamada Animação Espiritual, ministrada por vários professores, entre eles o padre Lourenço Roberge. Discutíamos assuntos relacionados a religião, saúde e ao desenvolvimento da puberdade. Foi muito interessante, pois descobri que tinha um senso crítico muito

Ricardo aos 6 anos

acentuado, que me ajudaria em determinados momentos da vida. Naquele momento, eu já pensava na resposta para uma famosa pergunta: *O que você vai querer ser quando crescer?* Apenas pensava, ainda não queria tomar a decisão. Decisão, talvez facilitada por algumas experiências vividas no colégio Santa Cruz. No primeiro ano em que estive lá, fui apresentado a memoráveis mestres, entre eles as Sras. Maria Amábile e Marília Morelli, as professoras de Português que

No futebol, em 1969

Aos 7 anos

Com a mãe, Lucila, em novembro de 1968

adoravam recitar poesias e ler textos. Com elas, aprendi a gostar mais de Literatura e aprofundei um hábito que vinha desde a minha infância, quando meus pais me incentivavam a ler obras de Monteiro Lobato, Viriato Corrêa e José Mauro de Vasconcelos. No entanto, com as aulas do colégio, pude refletir profundamente sobre as histórias, começando a ler vários outros

autores e poetas e a sonhar que fazia parte dos acontecimentos descritos dentro das páginas dos livros. Essa adoração pela leitura se concretizou nos dois anos seguintes, quando tive mais aulas de História e de Literatura.

Ao chegar no curso colegial, tive uma disciplina chamada História da Arte, ministrada por Amauri Sanches. Ela foi um marco na minha carreira de estudante, pois, pela primeira vez, conheci o trabalho de grandes cineastas do cinema mundial. O professor reunia os alunos e os levava para a sala doze do Colégio Santa Cruz. Lá havia um projetor 35 mm que seria usado para mostrar ótimos filmes de diretores, como Robert Altman, Federico Fellini e Ingmar Bergman. Foi sensacional! Conheci o cinema de uma forma lúdica, nunca imaginei que isso pudesse acontecer. A experiência aguçou o meu senso crítico e possibilitou que eu estudasse História descobrindo conceitos e informações cinematográficas.

Férias na Bahia, aos 13 anos, 1974

As aulas do professor Sanches e da professora de Filosofia, Malu Montoro, aumentaram a minha curiosidade sobre a Sétima Arte e me levaram a freqüentar a Mostra Internacional de Cinema de São Paulo e a assistir um programa de televisão que se chamava *Ação Super-8*, exibido pela TV Cultura e apresentado por Abrão Berman, diretor de *São Paulo (1970/1973)*, um curta que tinha pouco mais de três minutos e mostrava imagens da região central da cidade. Durante o programa, ele dava dicas de livros e cursos, entre eles um da Grife (Grupo de Realizadores Independentes de Filmes Experimentais), uma escola criada por ele em 1972 e que, ao longo dos anos, se tornou uma referência para quem quisesse produzir filmes em super-8. Mas esse curso era muito caro e acabei não fazendo. Dediquei-me à leitura de livros e comecei a estudar inúmeros manuais de super-8 e de cinema amador, que traziam muito material ilustrativo sobre os diversos equipamentos.

Agosto de 1975

Com o irmão Otávio, Bariloche, 1975

Nessa época, mais precisamente no final da década de 70, o super-8 era uma espécie de videoarte, traduzindo-se como um cinema de experimentação de linguagem, sem que ela fosse necessariamente narrativa ou documental. Acreditava que deveria investir no conhecimento desse tipo de cinema e decidi, por conta própria, fazer o primeiro curso, um mais barato do que o oferecido pela Grife. Queria aprimorar o pouco conhecimento que tinha sobre filmagens,

Indo para o Colégio Santa Cruz

Com o irmão Otávio, em Campinas, e no time de futebol (1º em pé à esquerda)

Em Barilhoche, 1975

Na fazenda de Campinas, 1977

entender sobre o processo de produção dos filmes e, principalmente, usar a câmera Canon 314 que o meu pai havia me dado e que ainda não havia sido muito utilizada. Porém, para que a aventura começasse, tive que me matricular escondido dos meus pais. Eles não iam autorizar que eu fizesse o curso, que, naquele momento, era muito importante para mim. Economizei a minha mesada durante algum tempo e juntei o suficiente para pagar as aulas. Essa não foi a primeira fez que isso aconteceu, já que um ano antes, matriculei-me para freqüentar aulas de inglês. Dizia ao meu pai que ia brincar na casa de uma colega, mas, na verdade, comparecia ao curso. Para ir às aulas de Cinema, usei a mesma tática e olha que deu certo! O professor do curso de super-8 chamava-se Roberto Cerne de Abreu e as aulas eram num escritório, localizado na Avenida Rebouças, na cidade de São Paulo. Consegui convencer os meus amigos e também cineastas amadores Paulo de Freitas Costa e Marcelo Renato Caterini a freqüentar as aulas. Eles tinham câmeras de última geração, as famosas Canon 1014 e 814. Como a minha câmera era a mais modesta, eu me deliciava ao usar o equipamento deles.

O curso de super-8 foi muito enriquecedor, uma vez que aprendi os fundamentos da continuidade, da câmera, do enquadramento e da escala de planos. Recebi informações sobre montagem, fotografia, iluminação e movimento de câmera. Uma das lições mais interessantes foi conhecer como a edição dos filmes de super-8 era feita e descobrir a forma de organização da linguagem do cinema. Ela era composta, basicamente, por cortes e esse conhecimento acabou levando-me a prestar muita atenção aos filmes e a observar a forma como eles eram construídos. Nesse curso, percebi que as produções poderiam ser sonorizadas, aplicando-se uma banda magnética no filme super-8, e depois, colocando-se o rolo num projetor para gravar a trilha e sonorizar o filme. Refleti e entendi que o cinema tinha uma certa lógica: primeiro você registrava as imagens para depois gravar o som. Mas, nessa época, era muito complicado sonorizar um filme. O som tinha de ser colocado corte a corte, e, se você errasse algum deles, tinha de começar novamente. Era muito arriscado e eu fazia a sonorização sob tensão!

No colégio, o colega José Eduardo Siqueira tinha uma Canon XL 514, que não apresentava todos os recursos da 1014 e da 814, mas era uma câmera sonora e tinha como diferencial o som direto. Descobri a vantagem de se filmar com a tomada de som no momento da filmagem, evitando a du-

Com a mãe, 1977

blagem e a pós-sincronização do som no penoso e precário sistema de mixagem no projetor.

O José Eduardo possuía um editor de imagem e de som. Eu só viria a saber, muito mais tarde, que esse equipamento se assemelha às mesas de montagem (moviolas) ou aos atuais sistemas de edição digitais. Um outro colega, Luiz Afonso Carvalho, filho do arquiteto Altino, tinha um projetor Eumig, equipamento de última geração, que me emprestou inúmeras vezes. Altino, um grande amigo de meus pais, incentivou-me a usar o sistema sonoro, tendo me ensinado alguns fundamentos de sonorização. Nessa época, levava o filme para revelar no laboratório da Kodak, no Morumbi, pois o Revela, um outro laboratório profissional, havia falido. Eu tinha uma mobilete e, com grande alegria, movimentava-me pela cidade entre cursos, lojas de fotografia e laboratórios.

Na adolescência, morava no Jardim Gedala, em São Paulo. A casa era muito alta e permitia que eu observasse todas as moradias ao redor. Descobri que uma casa localizada atrás da nossa estava sendo usada para a gravação da novela *Cara a Cara*, da Rede Bandeirantes. O elenco era ótimo e recheado de estrelas, como Fernanda Montenegro e David Cardoso. Subia no muro e acompanhava todas as gravações, não perdia um momento sequer. Adorava aquela agitação, pessoas de um lado para o outro, atores e atrizes famosos gravando e estudando os textos. Sempre tive curiosidade de acompanhar as filmagens de uma novela e naquele momento surgiu a oportunidade.

Essa casa tinha sido alugada por ninguém menos do que o famoso cantor e compositor Ronnie Von. Nessa época, eu carregava uma câmera super-8 de um lado para o outro, como um verdadeiro *paparazzo*. Olhava e filmava, filmava e

1978

depois olhava, não usava técnica alguma. Observando a vizinhança, descobri que Ronnie Von estava tomando banho na piscina. E mais: ele estava pelado, totalmente pelado! Aproveitei a oportunidade, liguei a câmera e comecei a filmar. Daria um ótimo filme! A câmera não era silenciosa, pelo contrário, fazia um barulho enorme e o Ronnie acabou me descobrindo. Saiu pelado da piscina e, sem colocar uma toalha no corpo, partiu em minha direção, ameaçando-me e dizendo que eu seria processado. Não dei ouvidos e continuei filmando, gastando três minutos de um filme super-8. Ronnie cumpriu a promessa e deu queixa na delegacia. Meu pai compareceu ao local e ficou furioso: *Filho, como você foi fazer uma coisa dessas?* Não demorei para responder: *Pai, acho que foi instinto. Aquele acontecimento precisava ser registrado.*

Todo esse aprendizado acumulado, a facilidade de locomoção via mobilete e as experiências vivenciadas me levaram a realizar o primeiro curta-metragem. Com a ajuda de Paulo de Freitas Costa, fiz, aos dezesseis anos, uma adaptação do conto *O Homem Nu*, de Fernando Sabino. A história era sobre um homem que saía do apartamento e ficava preso no *hall* do elevador. Gostei do meu roteiro e resolvi filmá-lo. Não tinha muitos recursos financeiros e infra-estrutura, mas consegui reunir uns amigos para me ajudar na filmagem e escalei alguns colegas para atuar. O elenco foi formado por Marcelo Mello, Vivi Garcia, Francisco Toshio Onho, Ana Augusta Rocha, Bia Gravina e Franco Luis Nardini. Esse curta ficou mais interessante do que os outros filmes que eu havia feito pois, em *O Homem Nu*, percebe-se a tentativa de narrar uma história, com uma técnica de fotografia e de iluminação muito caseira, porém com uma certa técnica. Antigamente, na época dos filmes documentais, como o do Ronnie Von pelado e os que fiz em Bariloche, eu não utilizava técnica alguma. Não havia som, nem edição. Fazia assim: ligava a câmera e filmava, desligava a câmera e ligava novamente. Eu queria retratar o momento, tinha vontade de sobra para praticar e não me preocupava com a técnica. Para se ter uma idéia, os filmes que fiz em Bariloche ficaram um verdadeiro horror.

É difícil até de descrevê-los: as pessoas parecem pontinhos pretos dentro de um grande cenário branco - a neve. Eu não tinha a noção da superexposição e de contraste. Já em *O Homem Nu*, essas técnicas aparecem, embora de forma muito precária.

O curioso é que, nessa época, eu não sabia que o filme havia sido rodado alguns anos antes pelo diretor Roberto Santos. A versão dele foi, logicamente, mais sofisticada do que a minha e contou com um grande elenco, formado pelo ótimo Paulo José e pela inesquecível Leila Diniz. Essa versão de *O Homem Nu* foi lançada em 1968, cerca de uns quinze anos antes do que a minha. Ah! A história do meu filme não pára por aí: o curta rendeu 12 minutos, apenas 106 a menos do que o longa do Roberto, e chegou até a ter uma pré-estréia. Não! Na verdade, não foi bem uma pré-estréia, pois o filme não entraria em cartaz. Foi mais uma exibição para os alunos do Colégio Santa Cruz. Fomos até a sala 12, onde o professor

Muro de onde filmou Ronnie Von pelado na piscina

Amauri Sanches mostrou filmes maravilhosos, e lá, em primeira mão, o curta foi exibido. Senti, pela primeira vez, uma sensação estranha. É muito gostoso quando a gente vê os filmes que fez, mas ao mesmo tempo é muito angustiante. Quando eu olho uma cena, não consigo me prender somente a ela. Enxergo algo mais, enxergo os problemas e as dificuldades que tive para filmá-la. Recordo se, por exemplo, teve algum acidente e se estava chovendo. Recordo-me de fatos, fatos que ocorreram durante o momento em que a cena estava sendo rodada. Não consigo ter a mesma visão que o público tem e ter emoções provocadas estritamente pelo que aquelas imagens expressam. Entretanto, essa sensação mostra-se ainda mais estranha quando estamos diante do público, como no caso da exibição de *O Homem Nu*. A sessão foi um sucesso, um sucesso total. Muitos colegas foram ao meu encontro para conversar sobre o filme e para me cumprimentar e celebrar a fundação da Pinto & Costa Produções Cinematográficas, uma produtora que eu havia *criado* com meu amigo Paulo de Freitas Costa. Não demorou muito para ganharmos um novo *sócio*, José Eduardo Siqueira, e rebatizamos a produtora com o nome de Copisi, utilizando as duas primeiras letras dos sobrenomes Costa, Pinto e Siqueira. Após o sucesso de *O Homem Nu*, decidimos fazer o longa-metragem *Papéis Trocados*, que contaria a história de um homem com dupla personalidade e teria no elenco Ricardo Rodrigues, Ana Augusta Rocha e Marcelo Mello. Resultado: gastamos todo o dinheiro da produtora para realizar as primeiras cenas do filme e fomos à falência.

Achando que precisava estudar um pouco mais sobre Cinema, resolvi fazer um outro curso. Conheci Plínio Garcia Sanchez, que tinha uma empresa e organizava, juntamente com a Secretaria de Estado da Cultura de São Paulo, alguns cursos de Cinema, entre eles um de especialização de produção cinematográfica, que acabei fazendo. Os professores eram excelentes! Na verdade, foi um curso dos sonhos, ministrado por Roberto Santos, diretor do longa-metragem *O Homem Nu* (1968); Plínio Garcia Sanchez, produtor do filme *Aleluia, Gretchen* (1976), de Sylvio Back; Valdemar Lima, fotógrafo do memorável *Deus e o Diabo na Terra do Sol* (1964), de Glauber Rocha; e Francisco Ramalho Junior, dono da então produtora Oca Cinematográfica, juntamente com Lúcio Kodato, Roberto Zetas Malzoni e Sidnei Lopes.

Tinha muita admiração por todos esses profissionais e contava os dias para ter conhecimentos suficientes para imitá-los e fazer cinema como eles faziam. Plínio nos ofereceu momentos de grande sabedoria e, pela primeira vez, tive contato com material cinematográfico profissional. Líamos muitos documentos fornecidos por ele, como análises técnicas e roteiros. E, com calma, o professor tirava nossas dúvidas e nos fornecia informações importantes para o aprendizado. Durante o curso, pude visitar a Oca Cinematográfica, que naquela época estava produzindo o filme *Os Amantes da Chuva* (1979), do mestre Roberto Santos, e fiquei encantado. Nesse dia, o meu coração bateu forte e tive que respirar fundo várias vezes. Estava onde deveria estar, estava no meu local de trabalho. Dizem que quando a gente faz o que a gente gosta, a gente trabalha com o maior prazer. Estava sentindo isso naquele momento.

Descobri, no decorrer das aulas, que o professor Ramalho era o autor do livro *Os Fundamentos da Física*, editado em três volumes e usado durante o meu curso de Física no Colégio Santa Cruz. Se eu já tinha uma grande admiração por ele, naquele momento, esse sentimento cresceu, cresceu bastante. Lembrei-me, imediatamente, de um volume do livro que abordava o tema Ótica. Ele trazia ilustrações dos diversos tipos de lentes e projetores e discutia os conceitos de imagem real e virtual. Ao estudar esse tópico a fundo, descobri que Física era Cinema puro! E que Cinema era pura Física. Um verdadeiro delírio. Passei a gostar mais da matéria e a tirar boas notas.

O curso de Cinema foi realmente muito bom, um dos melhores que já fiz. Só me arrependo de uma coisa: não ter conversado com Roberto Santos sobre a minha versão de *O Homem Nu*. Poderíamos ter trocado muitas experiências e eu teria aprendido um pouco mais.

De uma maneira geral, posso dizer que esse curso foi excelente e que me ajudou e muito a realizar as tarefas que teria pela frente.

No colegial, encantei-me com a matéria História das Religiões, do professor Flávio Vespasiano

Di Giorgio, um grande erudito. Estava tendo, até então, uma formação religiosa basicamente católica e naquele momento seria apresentado a outras religiões, como o judaísmo, islamismo, protestantismo, hinduísmo e budismo, compreendendo e conhecendo diferentes culturas. Esse interesse por Antropologia e conhecimentos gerais foi decisivo na hora de prestar o vestibular. A escolha da minha futura profissão já estava feita, mas apareceu um imprevisto, algo que poderia atrapalhar a minha vida. Quando fiz 18 anos, tive que me alistar no exército.

Como a maioria das pessoas, eu não queria seguir carreira militar e tentava encontrar uma forma de ser dispensado. O meu irmão mais velho conseguiu, porém eu não tinha a quem recorrer e conversei com o colega Marcelo Caterini.

Ele me garantiu que falaria com o então deputado Romeu Tuma, um conhecido de seu pai que trabalhava na Polícia Federal. Resultado: meu amigo escapou do exército e eu, infelizmente, tive que fazer exame médico, sendo, mais tarde, aprovado. Ou eu freqüentava o exército em regime integral ou fazia o CPOR (Centro de Preparação de Oficiais da Reserva), que ocupava somente meio período. Escolhi a segunda opção, uma vez que estava estudando e não queria demorar para virar cineasta.

O vestibular estava próximo e, certa vez, meus pais perguntaram o que eu iria fazer. Não tive dúvida e disse com uma grande entonação na voz: *Quero ser cineasta, quero fazer Cinema*. Eles não se surpreenderam muito, e também não chegaram a adorar a idéia, apenas passaram a impressão de, naquele momento, terem me compreendido: *Bom, tudo bem, filho. Sabemos que você adora Cinema e que é um freqüentador assíduo...* Estava faltando o famoso *mas*, pois toda frase que se inicia dessa forma normalmente

Formatura do CPOR, com pai e irmãos, Otávio e Maurício

tem um porém. Meus pais não perderam tempo, emendaram logo na seqüência: *...mas achamos que você deveria fazer um curso de Direito. Um curso desse porte vai te dar uma base muito forte para a vida*.

Direito? Como assim? Essa não! Nunca quis ser advogado. Gostava de movimento, de me locomover e de eternizar imagens e acontecimentos. Eu queria ser cineasta! Acreditava que tinha descoberto a minha vocação: o Cinema. Fiquei refletindo durante alguns minutos e lembrei de acontecimentos marcantes: o curta-metragem *O Homem Nu* sendo aplaudido no Colégio Santa Cruz, o filme *Rir ou Chorar*, o pequeno desentendimento que tive com Ronnie Von, o curso de super-8 que adorei e as aulas de História que tive no colégio. Por um momento, todos esses episódios passaram pela minha cabeça como se fossem *flashes*, como se fossem cenas de cinema. Meus pais continuaram e colocaram um pouco mais de pimenta na conversa, chegando a me incomodar um pouco: *Mas nada impede que você continue com seu hobby. Hobby*! Que *hobby*? O Cinema não é *hobby*, ele é paixão, emoção, atitude, ação! Disse com firmeza: *Eu quero fazer Cinema como profissão*. Essa frase mudaria para sempre a minha vida. Hoje eu tenho total consciência disso.

Capítulo III

Formação

A conversa com meus pais não parou por aí. Depois de tentar que eu fizesse o curso de Direito e de insinuar que Cinema era um *hobby* e não uma profissão, eles foram ainda mais ousados e arriscaram uma pergunta: *Filho, por que você não vai estudar no exterior? Lá existem grandes escolas que lhe fornecerão um amplo conhecimento sobre Cinema.* Recebi a informação com um certo receio, porém, para deixá-los satisfeitos, concordei em pesquisar algumas escolas e em estudar os programas que elas ofereciam. Com isso, meus pais conseguiram um prazo maior, alguns dias a mais para tentar me convencer a ser advogado. Foi tempo perdido, eu já estava certo de minha decisão. Pesquisei, encontrei a *London Film School* e o *American Film Institute* e li as matérias que ofereciam, encontrando um motivo que talvez os convencesse a mudar de idéia: *Meus pais, essas escolas são muito caras.*

Eles abriram um sorriso e, para meu azar, disseram: *Não se preocupe, se você gostou de alguma delas, nós faremos o esforço necessário para pagar.* Ao ouvir as palavras, mantive a minha decisão inicial, na verdade um sonho que carregava desde a adolescência: *Quero fazer Cinema na USP. É lá que eu realmente vou aprender sobre o cinema que tanto admiro: o brasileiro.*

Diante de palavras tão nacionalistas, meus pais apenas acenaram a cabeça para baixo, apoiando a decisão. Percebi que eles estavam contentes, talvez pelo fato de eu admirar o Brasil, talvez por eu ser um homem que tinha a iniciativa para transformar em realidade o que, durante muitos anos, foi sonho. Na verdade, eu até pensei em estudar no exterior, mas tive longas conversas com Plínio Garcia Sanchez e ele me disse que a produção do cinema americano e europeu era muito diferente da brasileira. Temendo não me adaptar à realidade de meu país, hesitei em ir ao exterior, pois queria trabalhar no Brasil. Prestei vestibular na USP (Universidade de São Paulo) e sem muitas dificuldades ingressei, no ano de 1980, no tão desejado curso de Cinema. Tinha certeza absoluta da minha decisão, pois um grande sinal era a necessidade e a vontade de estrear, de ver um filme meu sendo projetado numa sala de cinema e depois aplaudido por milhares de pessoas. Tudo bem, ser aplaudido por milhares de pessoas era um pouco de exagero. Naquele momento, contentava-me apenas em fazer um longa-metragem, em estrear na direção o quanto antes. Se possível, antes dos 20 anos e eu não tinha muito tempo, faltavam poucos meses. Glauber Rocha havia feito o seu primeiro filme com cerca de 20 anos e Bruno Barreto iniciou ainda mais jovem, aproximadamente com 17. Eu tinha 19 e precisava começar logo, não podia esperar. Tinha que acontecer o mais rápido possível, as pessoas precisavam conhecer os trabalhos do diretor de *O Homem Nu*.

Decidi, por conta própria, fazer uma rotina inevitável: de manhã, ia para os serviços obrigatórios do CPOR; na seqüência, freqüentava a Rua do Triunfo e depois, à noite, estudava na USP. Adorava ir até a Rua do Triunfo, local onde muitos diretores brasileiros trocavam informações, conversavam sobre cinema e faziam os longas-metragens. Esse núcleo cultural era chamado de Boca do Lixo, talvez por um certo preconceito de outras turmas de cinema ou talvez porque esse grupo fazia as pornochanchadas, filmes quentes e recheados de relações sexuais. Polêmicas à parte, era lá, na Rua do Triunfo, onde se fazia um cinema comercialmente viável. Estudava no primeiro ano da faculdade e queria, a todo custo, fazer parte de alguma equipe de filmagem. Arregalava os olhos e contemplava o movimento dos profissionais, a linguagem que eles utilizavam e a maneira como comandavam a produção dos filmes. Queria fazer parte da Boca do Lixo, um cinema que considero popular, fascinante e envolvente. Queria, a todo custo, vender um roteiro de pornochanchada.

Com o apoio do meu professor Luís Milanesi, um erudito biblioteconomista, fiz diversos roteiros, entre eles, um chamado *Consórcio de Mulheres*: um grupo de estudantes adolescentes se reúne uma vez por mês para participar de uma *festinha*, na qual dois deles se iniciam sexualmente, sorteando as prostitutas ou oferecendo o maior lance por elas. Diariamente, procurava os produtores da Boca, mas, infelizmente, eles não gostavam de ler os roteiros que eu deixava sobre suas mesas. Anos mais tarde, Guilherme de Almeida Prado disse-me que eu jamais deveria ter esperado que eles lessem algo, pois as contratações da Boca eram feitas após os cineastas contarem as suas histórias de viva voz.

O primeiro ano da faculdade foi muito esquisito, fruto de um certo preconceito que cheguei a sofrer. Nessa época, estava com a cabeça toda raspada, pois freqüentava o CPOR. Quando chegava na USP, o pessoal me observava com olho torto e brincava: *O que esse milico está fazendo aqui? Por que ele não vai para o quartel?* Uma total injustiça, pois eu nunca quis ser militar. Na verdade, eu estava no exército porque não tinha opção. Depois, na manhã seguinte, quando estava no CPOR, os colegas olhavam-me como uma pessoa com ideologia estranha ao exército, olhavam-me como se eu fosse o mais perigoso opositor ao regime. Tudo isso porque, apesar do então recente processo de abertura e anistia, havia, em 1980, um olhar desconfiado sobre o movimento dos metalúrgicos do ABC e também sobre a ascensão do líder sindical Luis Inácio Lula da Silva, que estava ganhando cada vez mais projeção nacional e havia fundado o Partido dos Trabalhadores (PT). Ser petista ou simpatizante, atitude muito comum na USP, era uma afronta no meio militar. Sentia-me como Jack Nicholson no ótimo filme *Um Estranho no Ninho* (1975), de Milos Forman, com a diferença de que eu não estava freqüentando um hospício, e sim um ambiente militar e outro acadêmico.

A Boca do Lixo era o equilíbrio entre esses dois lados. Na Rua do Triunfo, grandes mestres como Carlos Reichenbach e Guilherme de Almeida Prado participaram de produções importantes e consolidaram esse movimento, presenteando-nos com bons filmes. *Amor Palavra Prostituta* (1981) e *Extremos do Prazer* (1984), ambos dirigidos por Carlão, marcaram essa época, que se iniciou fortemente na década de 70 e se estendeu até os anos 80. Guilherme lançou *As Taras de Todos Nós* (1981), seu primeiro longa-metragem, mostrando que a Boca do Lixo acolheu e apostou na consolidação de inúmeros cineastas hoje consagrados.

Uma das matérias que eu mais gostava no CPOR era Metodologia de Ensino, que tinha como objetivo apresentar mecanismos e técnicas para se dar uma boa aula. Logo no primeiro dia, o tenente instrutor trouxe uma proposta, que causou um certo incômodo: *Vocês terão que escolher um tema para fazer uma apresentação e ele deve ser interessante e envolvente, trazendo conhecimentos para toda a turma. Entendido?* O militar esperou alguns segundos e retomou a conversa: *Pois bem, quero que vocês tragam o tema em breve, entendido?* Sinceramente, não sabia sobre o que falar, e meus colegas já estavam determinados: um iria discorrer sobre o fuzil automático leve, outro mostrou-se empolgado para falar sobre a destinação constitucional das Forças Armadas e um terceiro disse que iria palestrar sobre Duque de Caxias, o patrono do Exército Brasileiro. Todos os alunos estavam escolhendo temas relativos às Forças Armadas, mas eu, definitivamente, não queria falar sobre um tema militar e decidi apresentar um assunto novo, algo que realmente contribuísse com a formação humana de meus colegas. Algumas semanas depois, aproximei-me do professor e disparei com força, muito preciso na escolha das palavras:

Eu poderia dar a minha aula hoje? Ele mostrou-se surpreso e retrucou: *Mas hoje?* Respondi com firmeza: *Eu tenho um material no carro. É um filme. Queria apresentá-lo e dar um seminário.* Ele acenou com a cabeça para baixo, ordenando que eu fosse buscar o que estava em meu veículo. Rapidamente, corri até o carro e apanhei alguns escritos, frutos de um excelente seminário que havia apresentado na USP sobre o livro *Cinema: Trajetória do Subdesenvolvimento*, de Paulo Emílio Salles Gomes, e também uma cópia 16 mm de *Os Cafajestes* (1962), de Ruy Guerra, que havia alugado na Embrafilme, localizada na esquina das ruas Vitória e do Triunfo, e que precisava ser devolvida naquela tarde.

Dividi minha aula em duas partes. Primeiro, discorri sobre o cinema nacional, apresentando um histórico, depois mostrei o filme. Muitos não o haviam visto e deliraram ao observar, durante alguns minutos, a nudez da exuberante Norma Bengell. Essa cena é hoje um clássico de nosso cinema, talvez pela contundência como a câmera mostra essa bela atriz, talvez pela coragem que ela teve de se expor. A apresentação foi um sucesso! Os alunos se mostraram motivados a saber mais sobre o cinema nacional, o tenente me deu os parabéns e ainda chamou o major coordenador do curso, que me solicitou uma apresentação para as outras turmas. O reconhecimento foi da mesma amplitude que o obtido após a exibição do clássico (pelo menos para mim) *O Homem Nu*, na época do Colégio Santa Cruz.

Esse foi o meu melhor momento no serviço militar. Confesso que não aprendi muito por lá, porém tive outras lições interessantes. Na disciplina Administração, recebi instruções valiosas, sendo que uma delas referia-se à organização, uma vez que toda operação militar segue um determinado plano geral de ação. Herdei esses conhecimentos e, durante a realização de um projeto cinematográfico, traço um grande plano de produção, semelhante ao que se faz no exército: é necessário ter homens bem treinados, meios de locomoção, alimentos e suprimentos, equipamentos e estratégias de ação, entre outros tópicos. Também aprendi a ter mais tolerância. Freqüentemente, tinha que realizar serviços difíceis que me colocavam em situação de risco. Nesses momentos, respirava fundo, concentrava-me para fazer o melhor possível. O serviço militar durou apenas um ano, o suficiente para me afastar um pouco das atividades cinematográficas. Freqüentava a Boca do Lixo e à noite ia para as aulas da USP, mas queria mais, muito mais. Cinema para mim era tudo, respirava e sonhava com cinema. Era um momento mágico, em que ficava à vontade para refletir e reproduzir os meus pensamentos.

Em 1981, estava no segundo ano da faculdade e os trabalhos começaram a ser mais práticos, começaram a exigir mais, diferente do primeiro ano, que se mostrou básico para todas as carreiras da ECA, oferecendo matérias como Sociologia, Antropologia, Teoria da Comunicação, Sociolingüística e História da Cultura, que exigiram muitas leituras e apresentações de seminários, proporcionando que eu acumulasse, principalmente, mais informações sobre o ser humano. Essa experiência, agregada às ótimas aulas de História da Arte e das Religiões que tive no Colégio Santa Cruz, levaram-me a prestar vestibular para Ciências Sociais, na USP. Durante quase três anos, cursei essa faculdade simultaneamente com a de Cinema, mas, aos poucos, fiquei decepcionado com as aulas sempre vazias e com os alunos desinteressados, abandonando o curso em 1983. Na verdade, cheguei a ficar indeciso entre prestar meu segundo vestibular para Letras e Literatura Portuguesa ou para Ciências Sociais. Achei que estudando Ciências Sociais estaria me desafiando, indo em busca de algo que ainda não conhecia. Hoje, acho que errei a escolha. A narrativa é sempre o ponto de partida para a excelência de um projeto audiovisual.

Gostaria de voltar no tempo e de me formar em Letras e Literatura Portuguesa. Na ECA, empolgava-me com os trabalhos. Um dos mais ousados que fiz, como segundanista, deu-se na disciplina Poética das Imagens Visuais, ministrada pelo professor Eduardo Peñuela Cañizal. A tarefa sugerida por ele foi a realização de um curta-metragem. Optei por fazer uma adaptação do conto *O Caso Kugelmass*, de Woody Allen, um grande cineasta, talvez um dos melhores de todos os tempos e, acima de tudo, um extraordinário escritor. O texto que escolhi foi utilizado, mais tarde, por Woody para dar origem a *A Rosa Púrpura do Cairo* (1985). *O Caso Kugelmass* narrava a história de um professor de Literatura que gostava muito da Madame Bovary, personagem inicialmente idealizada pelo escritor Gustave Flaubert e protagonista de um livro homônimo. O professor, apaixonado pela personagem, procurou e encontrou um mágico que o remetesse para o livro e, ao longo das páginas, teve um caso com a Madame. Depois, o professor a trouxe para Nova York, onde se iniciaram inúmeras confusões.

Achei a história muito interessante e rica em detalhes. Era uma de minhas preferidas e, talvez por isso, não encontrei muitas dificuldades para adaptá-la. Quando a gente gosta de uma obra, a adaptação literária torna-se muito mais fácil, torna-se um prazer. O único problema que encontrei foi que não poderia fazer o curta-metragem em Nova York, então, como alternativa, resolvi adaptar o conto para a realidade brasileira. O meu filme, que seria produzido por Dino Zaneti Jr. e fotografado por Regina Martins, passou a contar a história de um professor de Literatura da USP, que era casado, e tinha uma grande atração pela Madame Bovary. Ele decide trazê-la para a cidade de São Paulo, mas havia um problema: o que falar para a sua mulher? Dá a desculpa de que iria a um congresso na cidade de Curitiba e, assim, consegue passar uma semana com Madame Bovary. Já em *A Rosa Púrpura do Cairo* (1985), Woody prefere contar a história de uma mulher que assiste várias vezes ao filme de mesmo nome, até que o personagem sai da tela e tem uma vida real. O meu filme e o dele apresentam a mesma estrutura: a de um personagem que sai de um universo ficcional para um real.

As filmagens de *O Caso Kugelmass* levaram oito dias e foram um grande aprendizado. Alguns membros da equipe saíram do projeto, pois eu decidi filmar de manhã, de tarde e de noite e eles bateram o pé, querendo fazer em apenas dois turnos. Já tinha o cinema como uma das grandes paixões e queria ficar o maior tempo possível pensando nele. Se possível, dormir sonhando com a Sétima Arte, talvez fosse um exagero meu, talvez não, porém tinha uma grande determinação, uma grande vontade de filmar. Espírito que, infelizmente, não foi acompanhado por muitos de meus colegas. Terminei o filme quase sozinho, fazendo um pouco de tudo, desde iluminação e eletricidade, até a montagem do produto final. Em certos momentos, fui até motorista e só faltou decorar algumas falas, entrar em cena e atuar. O curta, primeiro em que atuou a atriz Eliane Fonseca, futura diretora de *Ilha Rá-tim-bum: o Martelo de Vulcano* (2003), contabilizou 50 minutos de duração e chegou a ser exibido em algumas mostras de Cinema Super-8 da USP. *O Caso Kugelmass* gerou polêmica: alguns colegas reclamaram que houve favorecimento da faculdade em me permitir extrapolar a metragem, realizando um *quase longa* no lugar de um curta-metragem.

Percebi pela primeira vez que o cinema é uma atividade muito disputada e que gera contradições. O espírito cooperativo é às vezes quebrado pela ausência de oportunidades e recursos para todos que almejam se expressar. Isso é o que o Cinema tem de mais terrível! Agradeço a todos que participaram do filme, mesmo os que desistiram no meio do caminho. Essa experiência foi a minha primeira tentativa de a uma narrativa mais longa e contribuiu na hora de planejar futuros trabalhos. Na época da faculdade, experimentava muita coisa e tentava, na maioria das vezes, ousar e utilizar algumas lições aprendidas na Boca do Lixo, economizando recursos, infra-estrutura e equipamentos, não desperdiçando tempo, nem mão-de-obra: quando entrávamos para rodar, eu já sabia o que cada um tinha que fazer.

Depois desse exercício, não tive dificuldades de atender a um pedido de minha saudosa mãe: juntar os trechos de filmes em que meu avô a filmou. Reuni todos os de 16 mm, recortei algumas partes e colei, rendendo um total de duas horas. O resultado não ficou muito bom, pois o material estava antigo e muitas imagens apresentavam-se desgastadas, mas minha mãe aprovou o trabalho e o chamou de *O meu ...e o Vento Levou*, em referência ao clássico *...E o Vento Levou* (1939), de Victor Fleming, com bela e memorável atuação de Vivien Leigh na pele de Scarlett O'Hara e com uma história centrada na Guerra Civil Americana e no amor de um casal. Já a história de minha mãe não tinha um roteiro, ela foi montada a partir da compilação de imagens, uma pior do que a outra, pois meu avô era muito amador e não tinha uma técnica definida na hora de registrar os momentos.

Ao realizar as filmagens de *O Caso Kugelmass*, percebi o quanto foi difícil manter uma equipe até o final e, nos trabalhos seguintes, tranqüilizei-me um pouco, trabalhando de forma mais harmoniosa com todos. O próximo desafio foi estruturar um documentário, o único em que participei durante a minha carreira. Não tenho nada contra esse tipo de filme, porém prefiro as histórias que possibilitam ao cineasta ousar e escolher o final dos acontecimentos. Com a ajuda de dois colegas, Fábio Golombek e Michael Ruman, idealizei e montei *Terra de Promissão*, que abordava a questão da migração em São Paulo. O resultado não foi tão ruim e concorremos num Festival de Cinema Super-8 da Prefeitura de São Paulo, mas, infelizmente, ganhamos apenas um certificado de participação. Essa foi a minha segunda decepção em festivais. Anteriormente, eu havia sido recusado no Festival de Cinema Super-8 de Queluz, em São Paulo, onde inscrevi o curta-metragem *O Sandeu* (1979), escrito, fotografado, editado por mim. Ah! Um detalhe: eu também fui o ator do filme, usando o controle remoto da câmera para poder filmar. O motivo da recusa do festival: falta de qualidade técnica do filme. A partir desse momento, decidi que seria um técnico preciosista.

Tive bons momentos na faculdade, que se encerrou no ano de 1983. As aulas na USP foram

1983

marcadas por momentos de muita ansiedade, pois queria que todo exercício fosse transformado num filme, mesmo que essa não fosse a proposta da aula. Eu era um pouco pretensioso, sendo difícil me controlar. Aliás, essa é uma grande característica minha. Aos nove anos, ganhei uma máquina fotográfica de meu pai e, em Salvador, na Bahia, tirei as minhas primeiras fotos.

Contudo, não ficava contente apenas em registrar os momentos e queria fazer as minhas próprias imagens. Minha tia Celina Junqueira Azevedo tinha um laboratório fotográfico na casa dela, porém nunca deixou eu entrar, argumentando que seria muito perigoso. Aquela porta preta sempre fechada impedia uma grande vontade minha, que só foi atendida nas aulas da USP, quando freqüentei, pela primeira vez, um laboratório e conheci o revelador, fixador e nitrato de prata, passando a entender sobre o processo de revelação. Comecei até a gostar de Química, pois compreendi que ela estava totalmente relacionada ao Cinema. Se tivesse tido esse conhecimento no colégio, poderia ter ido melhor na matéria.

Ter feito o curso de Cinema na USP foi importante para a consolidação da formação do cineasta autodidata e do cineasta amador. Durante quatro anos, convivi com profissionais e pensadores da Sétima Arte e esse período pode ser traduzido como anos de pura reflexão e de busca do autoconhecimento e reconhecimento de meus potenciais. A formação universitária em Cinema faz-se cada vez mais necessária para os futuros cineastas, pois é no ambiente acadêmico que eles aprenderão e assimilarão conteúdos indispensáveis para a formação. O Cinema não se resume apenas à prática. Ele é centrado num plano de ação que exige teorias e conhecimentos prévios. Por acreditar nisso, mais tarde ingressei novamente no meio acadêmico, tornando-me, em 2000, professor de Cinema da Universidade Gama Filho, no Rio de Janeiro.

Somente após assistir as aulas teóricas é que acumulei a segurança necessária para realizar projetos acadêmicos como os curtas-metragens *Verão* (1982), *Cordel* (1982) e *A Morte Como Ela É* (1983), na qual fui o produtor. O papel desse profissional é de grande importância, pois é ele quem oferecerá a infra-estrutura e as condições necessárias para a realização do projeto, administrando todos os gastos a serem feitos. Por isso, é essencial que ele tenha organização e ao mesmo tempo uma boa comunicação com a equipe para evitar desentendimentos.

Fazer um plano de tarefas, assinalando tudo o que deve ser feito, é essencial para o bom desenvolvimento do trabalho.

A participação no curta *Verão*, dirigido por Wilson Barros, meu professor de roteiro e direção, pode ser considerada a minha primeira experiência profissional em curta-metragem. O projeto foi realizado em Ubatuba, no Estado de São Paulo, e descobri que o cinema podia me levar a lugares novos, a lugares que não imaginava visitar.

Na faculdade, conheci o então cineasta Guilherme de Almeida Prado. Tínhamos uma grande afinidade pelo Cinema, uma vontade extrema em assistir as aulas de Cinema Brasileiro, ministradas por Jean-Claude Bernardet, e de História do Cinema, apresentadas por Maria Rita Galvão. Adorávamos também as disciplinas de Linguagem Cinematográfica, do mestre Ismail Xavier, e Semiologia da Imagem e Poética das Mensagens

Com sua avó, Iolanda

Visuais, de Eduardo Peñuela Cañizal. Assistir a essas aulas nos aproximou bastante e iniciamos uma série de conversas. O Guilherme mostrava-se muito apaixonado por Cinema e os nossos bate-papos eram intermináveis: cada palavra, cada frase fazia-nos pensar e apresentar dados e informações.

Falávamos sobre filmes, linguagens, experiências cinematográficas e, é claro, projetos. Era pura ansiedade, que só seria curada com o Cinema. A amizade nos aproximou cada vez mais e Guilherme deu-me a grande chance, a primeira oportunidade da minha vida profissional em longa-metragem.

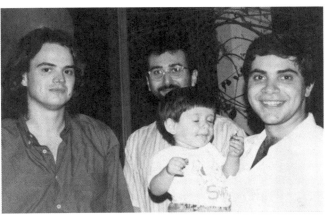

Com Guilherme de Almeida Prado, Hamilton Zini Jr. e a filha Suzana, 1988

Walter Breda e Imara Reis em Flor do Desejo

Capítulo IV

Assistente de direção

Ricardo era o tipo do calouro que chega como veterano, com muita segurança, uma preocupação extremamente profissional e um certo rigor na produção, um pouco incomum no cinema brasileiro da época.

João Batista de Andrade, cineasta
Santos/SP, São Paulo/SP

Entre os projetos sobre os quais Guilherme e eu conversávamos, estava a estruturação do filme *Flor do Desejo*. Em 1983, ele colocou a idéia em prática e me convidou para ser assistente de direção. Nessa época, estava no último ano da faculdade de Cinema e queria o mais rápido possível começar a participar de algum filme. As dificuldades encontradas durante a produção do longa-metragem não foram poucas e uma das principais referiu-se à substituição da atriz principal, que teve uma desarmonia artística com o Guilherme e preferiu deixar as filmagens. Para o seu lugar, escolhemos Imara Reis. Esse episódio realmente me surpreendeu, pois antes de contratar o elenco, certificamos se cada artista tinha real interesse pelo projeto e disponibilidade para participar. Somente depois desses entendimentos é que firmamos um contrato que atendesse aos interesses financeiros do contratado e da produção do filme.

Foi um choque! Percebi, logo no meu primeiro trabalho, que ninguém era insubstituível, que as pessoas poderiam, a qualquer instante, ser trocadas por outras. As filmagens ocorreram, na maioria das vezes, dentro de lugares não muito amistosos, como o cais do porto de Santos, bares e cortiços, freqüentados por trabalhadores, mas também por muitos marginais e criminosos. Descobri um Brasil verdadeiro, com suas contradições sociais e humanas. O resultado do trabalho foi sensacional e *Flor do Desejo* tem 105 minutos de cenas emocionantes e fortes que narram a história de uma prostituta e de um homem, para revelar as características de um mundo regado a corrupção e amoralidade. O filme conquistou a estatueta de melhor fotografia dos prêmios APCA 1984, oferecido pela Associação Paulista de Críticos de Artes, e Governador do Estado 1985. Neste último, Imara foi escolhida como melhor atriz.

São Paulo/SP, Búzios/RJ, Rio de Janeiro/RJ

A segunda experiência profissional foi em *Além da Paixão*, de Bruno Barreto. Minha tia Esther Giobbi, amiga pessoal do diretor, conseguiu-me uma entrevista com o cineasta, que estava em São Paulo para filmar um longa inicialmente chamado de *Tatuagem*. Seguindo as orientações dela, fui até a Produções Cinematográficas LC Barreto, achando que conversaria com Bruno, porém acabei sendo entrevistado por Márcia Bourg, primeira-assistente do filme e estreante em longa-metragem. Ela confessou-me que estava procurando um segundo-assistente mais experiente do que eu e fui inicialmente descartado. Quando estava deixando a produtora, apresentaram-me ao produtor artístico do longa, Antônio Calmon, que fez nova entrevista e me contratou como estagiário de produção. *Além da Paixão* era um filme bastante complexo e acabei me envolvendo em diversas áreas técnicas e artísticas, como roteiro, fotografia, arte e figurino. Enturmei-me rapidamente com os profissionais e fui bastante solicitado por todos eles, acompanhando, por exemplo, a seleção de figurantes e a marcação deles em cena. Entusiasmado com a possibilidade de passar a freqüentar as filmagens, pedi ao Antônio que me liberasse para ir ao *set* nos dias em que houvesse figurantes em cena. Mais tarde, fui promovido a segundo-assistente e, depois, quando a Márcia Bourg desistiu do projeto, nomearam-me primeiro-assistente de direção e eu chamei Emiliano Ribeiro, que havia trabalhado com Bruno em *Dona Flor e seus Dois Maridos* (1976), para fazer a segunda assistência.

As filmagens duraram 16 semanas e foram realizadas em São Paulo, Búzios e Rio de Janeiro. Logo nos primeiros dias, percebi que Bruno era um grande perfeccionista, o maior que conheci até hoje. Ele é um grande realizador, dono de uma trajetória singular com filmes admiráveis do porte de *Romance da Empregada* (1988) e *Dona Flor*, e um diretor muito persistente, que consegue imprimir uma fantástica qualidade técnica durante o decorrer do projeto. Já em Búzios, filmamos uma cena que, para mim, era aparentemente muito simples, e o diretor me provou o contrário. Uma das personagens conduzia uma caminhonete cheia de galinhas e, depois, a estacionava. Bruno repetiu a cena umas 29 vezes e eu fiquei surpreso, pois já não conseguia distinguir qual estava melhor e o que o cineasta perseguia: os olhos dele observavam algo que eu não enxergava!

A ida de São Paulo para Búzios marcou-me bastante. Aos poucos, a equipe e a aparelhagem foram chegando ao novo local de filmagem e ficamos esperando somente pela diretora de produção, Maria Angélica Sabião. Ela viria de carro pela Via Dutra, que liga São Paulo ao Rio de Janeiro, mas infelizmente, sofreu um acidente e veio a falecer no dia 1.º de maio de 1984.

Perdi uma colega. É a situação mais dramática que pode ocorrer numa relação de trabalho. Nós

Regina Duarte e Paulo Castelli em cenas de Além da Paixão

criamos laços afetivos e de amizade que podem ser desfeitos a qualquer momento. Um trágico acontecimento! Não esperava passar por uma experiência humana tão arrebatadora. Rapidamente, Bruno reuniu a equipe e disse: *O cinema é um trem, um trem que enfrenta obstáculos, mas que precisa seguir nos seus trilhos para chegar ao destino*. Ouvi com atenção as palavras de um mestre, que lamentou o acidente e enfatizou: *O trem descarrilhou, e precisa ser colocado novamente nos trilhos*.

Na hora da batida, Maria Angélica dirigia uma Parati, a mesma que seria usada no filme. O veículo era muito importante, pois aparecia a todo instante, sendo guiado por Regina Duarte, o que atrasou um pouco as filmagens: a Volksvagen teve que fabricar um outro carro e só pôde entregá-lo 10 dias depois.

Apesar do acidente, guardo boas lembranças de *Além da Paixão*, um filme que me ensinou bastante e que me colocou em contato com uma grande atriz. Na época da adolescência, eu era fã da Regina e não perdia uma novela em que ela estivesse participando. A minha admiração pela atriz aumentou muito durante as filmagens, pois Regina se mostrou uma pessoa muito simples e uma atriz fenomenal. Enquanto aguardava a hora de entrar em cena, ela deitava num colchonete para relaxar, chegando algumas vezes a fechar os olhos. Na hora de acordar, Regina rapidamente se arrumava e estava à nossa disposição, com uma grande alegria nos olhos e uma imensa vontade de atuar.

Em *Além da Paixão*, presenciei a diferença de pontos de vista existentes entre o diretor e o produtor. Enquanto preparávamos uma cena, Regina estava dormindo e o Bruno aproveitou para filmar um porta-retrato. Nesse momento, o produtor do longa, Luis Carlos Barreto, entrou no *set* de filmagens e se indignou com a situação, sugerindo que a gente parasse de registrar o porta-retrato para começar a filmar qualquer cena com a Regina, uma vez que um objeto poderia ter a sua imagem captada em qualquer lugar. Compreendi a ansiedade do Bruno, observando que ele estava empolgado, querendo aproveitar o momento para registrar o porta-retrato.

Além da Paixão contou com um ótimo roteiro de Antônio Calmon, que narra a história de uma mulher que, assaltada por um travesti, luta para ter os seus pertences de volta. Considero os filmes *Flor do Desejo* e *Além da Paixão* como os meus filmes de formação. Ao participar dessas produções, conheci um pouco mais sobre o mundo do cinema e pude também aperfeiçoar as funções de um assistente de direção, caracterizado como um profissional que tem um trabalho eminentemente técnico.

A primeira atividade do assistente é a realização de uma análise técnica do roteiro, que irá mencionar quais os elementos técnicos, materiais e humanos necessários para a execução do projeto e para assegurar o bom trabalho do diretor. Esse documento somente pode ser preparado se o assistente realizar uma leitura técnica e fria do roteiro, sem opinar e sem fazer críticas sobre o texto. A análise técnica é composta por inúmeros levantamentos e listagens. A primeira é a de personagens, que os divide em principais, secundários com fala, secundários sem fala e figurantes. A figuração é composta por uma grande massa de pessoas comuns, que, na maioria das vezes, não têm experiência com filmagens. Um figurante não deve ter um papel de destaque. Se o roteiro indica que teremos um *close* isolado no meio de uma multidão, esse *close* será melhor se for feito por um ator.

A segunda lista a ser feita refere-se às locações. Nela constarão todos os ambientes, internos e/ou externos, onde acontecerão as filmagens. Esse agrupamento é interessante e se configura na base de organização do calendário, propiciando que a equipe fique por vários dias consecutivos numa determinada região, gerando uma considerável economia. Por exemplo, ela terá feito apenas um transporte para chegar e um para sair e ainda os equipamentos não terão de ser recolhidos diariamente para o caminhão, sobrando mais tempo útil de filmagem. Ao estar com uma equipe em determinado ambiente, temos que fazer, se possível, todas as cenas que ocorrem nele, independente da temporalidade e da ordem em que elas aparecem no roteiro. Os processos de escolha dos locais de filmagem são, na maioria das vezes, subjetivos, e, em alguns momentos, técnicos, principalmente quando há uma programação que obriga a uma proximidade entre duas locações para se reduzir tempo com locomoção de elenco e de aparelhagem ou quando a agenda do ator ou o orçamento da produção não permitem que ele fique disponível por mais dias para se realizar as filmagens. Nessa listagem, deve-se mencionar os endereços reais das locações para facilitar o deslocamento da equipe.

Após a listagem de ambientes, devemos fazer um agrupamento por luz, destacando se a cena será interior ou exterior, dia ou noite. Às vezes, por questão de calendário de filmagem ou por necessidades dos atores, que têm uma agenda com outros compromissos, precisamos fazer de dia alguma cena que, na verdade, se passa de noite. Nesse caso, tapa-se uma janela com um pano preto e se utiliza uma iluminação artificial. O inverso também é possível, podemos fazer de noite, um momento que se desenrola durante o dia. Para isso, o assistente de direção precisa se programar, consultar o fotógrafo e fazer uma visita técnica às locações.

Uma outra relação é a de objetos a serem utilizados em todas as cenas do filme. Eles possuem subdivisões: de uso ou de cena. A primeira se refere aos que serão manipulados pelos personagens, enquanto a segunda terá uma função meramente figurativa. Por exemplo, se há uma cena em que um personagem irá beber um copo d'água, o assistente tem que sinalizar no documento que o copo precisa estar limpo e que a água tem de ser potável. Ao se fazer a lista de objetos, certos cuidados são necessários. Se o roteiro aponta que o personagem está bebendo um uísque, você terá que substituir essa bebida por um outro líquido, normalmente chá mate, caso contrário o ator ficará bêbado se tiver que repetir a mesma cena por várias vezes. Nesse caso, além da preocupação com a bebida, temos que nos atentar ao fato de que um uísque é servido com gelo. Entretanto, ele não pode ser usado, pois faz muito ruído e pode atrapalhar a gravação do som direto, devendo ser substituído por papel celofane. Essas substituições devem ser mencionadas durante a análise técnica. Se uma cena diz que o personagem bebe uísque, você precisa colocar chá mate e papel celofane na lista de objetos que a produção terá de providenciar.

Uma outra lista deve ser feita para a maquiagem e o cabelo. O roteiro indica inúmeras mudanças de comportamento, várias situações diferentes que devem ser interpretadas, analisadas e descritas na análise. Se um personagem acorda, o cabelo dele estará desarrumado, diferentemente do que aconteceria se ele estivesse indo para uma festa. Se nessa festa, ele receber um soco no rosto e ficar ferido, conseqüentemente, receberá uma maquiagem de efeito. Tudo isso precisa ser indicado no documento!

Um outro levantamento, intitulado Fotografia, deve ser criado para o assistente apontar em quais cenas há a necessidade de se utilizar equipamentos extras, como trilhos, carrinhos e gruas, que permitem diferentes tipos de movimentos, e em quais precisam outros tipos de luminosidade. Uma filmagem externa no período noturno certamente irá precisar de uma luz mais potente.

Outra relação deve ser feita para o som a ser captado em cada cena, por exemplo, som ambiente, diálogo ou até mesmo os dois. Se um momento do filme se passa dentro de um estádio lotado, as conversas entre os torcedores farão um grande barulho que certamente será maior do que o gerado pela fala dos personagens. Esse caso exige o corte do som ambiente ou a mudança do local da cena. Prefiro indicar um novo local para as filmagens, pois o som ambiente é um elemento interessante e importante.

Um próximo relato deve informar sobre os figurinos a serem utilizados, destacando a quantidade de vestimentas necessárias para compô-los e trazendo a descrição das peças. Atente-se para mencionar também as variações de um mesmo traje, como acontece se, numa cena, o personagem entra em casa vestindo terno e gravata e, numa outra seguinte, ele está somente de camisa.

Ao concluir a análise técnica, o assistente de direção apontará todos os elementos necessários para cada cena. É como se ele estudasse a planta de uma futura casa e revelasse como deve ser o projeto de hidráulica e de eletricidade, entre outros. No entanto, a palavra final sempre será dos responsáveis por cada uma das áreas. No caso de equipamentos adicionais de câmera, de luz ou de maquinário, é o diretor de fotografia quem vai determinar o que realmente é necessário.

Todas as listas geradas formam o documento que chamamos de análise técnica e que será levado para os *sets* de filmagens para auxiliar o assistente de direção a checar se todos os elementos foram providenciados pela produção. No entanto, antes que o filme chegue nessa etapa, o assistente precisa fazer um plano de trabalho, que consiste em determinar quais e quantas cenas serão filmadas no primeiro, segundo, terceiro dia de trabalho. Para se fazer esse cálculo, há dois procedimentos. O primeiro é determinar o grau de dificuldade de uma cena, ou seja, o tempo que será gasto para o transporte de equipamentos e de atores, adequação da luz e montagem de cenários, entre outros elementos. O grau é determinado pela experiência acumulada pelo assistente, diretor ou equipe técnica. Não há um sistema matemático para calculá-lo, ele não é mensurável.

O segundo procedimento é determinar o tempo de cada cena. Isso pode ser feito por dois métodos: oitavos e minutagem. No sistema de oitavos, dividimos uma página do roteiro em oito traços horizontais e estipulamos que cada retângulo corresponde a 1/8. Uma cena ocupa, então, a quantidade de páginas inteiras e o espaço restante medido em oitavos. Se eu tenho 72 páginas de roteiro e o filme será feito em 24 dias, eu divido 72 por 24 e como resultado tenho que filmar três páginas por dia. Agora, é preciso cuidado para não se enganar. No roteiro do filme *...E o*

Vento Levou, por exemplo, há uma frase, correspondente a cerca de 1/8 de página, com apenas duas palavras: *Atlanta queima*. Teoricamente, a cena seria muito simples de ser feita, pois o sistema de oitavos aponta que o tamanho dela no roteiro é pequena. Entretanto, no filme ela teve uma duração superior a 10 minutos, o que me levou a deduzir que o tempo de filmagem dela foi muito superior ao tempo determinado pelo sistema.

A minutagem é a outra forma de medir o tamanho de uma cena. Pegue o roteiro e leia em voz alta, procurando dar o tempo correto do diálogo. Contudo, não pense que, ao fazer isso, você estará determinando o tempo real do filme. Esse sistema é subjetivo pois, se você faz a leitura sozinho, estará impondo o seu ritmo e não necessariamente o dos atores. Para que a medida da minutagem seja a mais correta possível, é interessante que os atores participem da leitura.

Ao exercer as funções de assistente de direção, atente-se a esta frase: o trabalho é eminentemente técnico. Dessa forma, você não está sendo solicitado a opinar sobre o roteiro, a não ser que o diretor peça-lhe um conselho. Com esses conhecimentos bem assimilados e praticados, não encontrei tantas dificuldades para exercer as funções no próximo filme.

Além de freqüentar com grande intensidade a Boca do Lixo, gostava de conversar com os cineastas e profissionais de cinema que participavam dos bate-papos diários na Vila Madalena. Eles acreditavam que o cinema não podia ser comercial, argumento contestado pelos realizadores da Boca do Lixo. Um dos únicos cineastas que conseguiu mesclar um pouco os dois movimentos foi Carlos Reichenbach, apresentando em seus filmes um equilíbrio entre as exigências dos seus produtores da Boca do Lixo e as suas questões pessoais, muitas vezes sem que os produtores percebessem da dimensão e profundidade dos temas abordados.

Baixada Fluminense/RJ, Duque de Caxias/RJ, São Gonçalo/RJ, Nova Iguaçu/RJ, Niterói/RJ, Rio de Janeiro/RJ

Numa conversa na Vila Madalena, Francisco Botelho, meu professor de Fotografia no curso de Cinema da USP, disse-me que Sérgio Rezende estaria preparando um projeto sobre Tenório Cavalcanti, um polêmico político que, com a sua metralhadora *Lourdinha*, lutava contra a corrupção. Não tive dúvidas e liguei para o cineasta, a quem eu havia me apresentado no Festival de Gramado, quando concorri com o meu curta *Zabumba*, em 1984. Disse que gostaria de participar do projeto e ele aceitou, nomeando-me primeiro-assistente do filme *O Homem da Capa Preta*, que seria filmado em 1985. A diretora Betse de Paula, de *Celeste & Estrela* (2003), ficou com a segunda assistência e a fotografia foi feita por César Charlone, futuro fotógrafo de *Cidade de Deus* (2002).

O último trabalho do Sérgio havia sido a direção em *O Sonho não Acabou* (1982), ambientado em Brasília. A escolha da locação e a abordagem do roteiro deram uma grande liberdade a ele. Sérgio chegou a dizer que esse era um filme de *sins*, um filme fácil de se fazer: *Sim, se eu enquadrasse um determinado prédio, a imagem ficaria bonita. Se eu o mostrasse em plano geral, também ficaria ótimo.* Por ser um filme de época, mostrando o cenário político carioca ocorrido entre 1940 e 1960, *O Homem da Capa Preta* mostrou-se, ao longo das filmagens, como um filme de *nãos*. Não podíamos enquadrar um prédio, porque ele estava com ar condicionado na fachada, não podíamos mostrar determinada rua, pois ela tinha asfalto.

Tivemos, dessa forma, que fabricar uma suposta realidade e criar elementos para contextualizar a história. Sérgio tinha muitos recursos financeiros, o que facilitou a execução do projeto. Outro fato que colaborou foi a enorme harmonia entre o diretor e a produtora Mariza Leão, que souberam unir e mesclar os interesses artísticos e comerciais e se mostraram grandes realizadores.

Em *O Homem da Capa Preta*, conheci o ator José Wilker, que teve ótima atuação na pele do Tenório. Assim como o personagem, o ator mostrou-se muito misterioso. Wilker chegava muito tarde nas filmagens, pois estava participando da peça teatral *Assim é se lhe Parece*, que na época fazia muito sucesso. Nesse filme, o ator ficou muito reservado e não deixava espaço para muita intimidade, mas o admiro como um grande ator, um dos melhores do cinema brasileiro.

Recordo-me de uma cena protagonizada por ele. Tenório subiu na marquise da casa com o objetivo de discursar para uma grande platéia, exibindo a capa preta e a metralhadora Lourdinha e falando sem parar. No entanto, os figurantes não entendiam o que o personagem falava, pois não havia sistema de amplificação de som e o discurso era bastante prolixo. Combinamos que eu ficaria atrás do Tenório e gesticularia para que as pessoas rissem e aplaudissem na hora certa: como um maestro, comandei toda a cena e foi muito engraçado.

Um outro momento curioso aconteceu quando íamos filmar a cena em que os militares fazem o cerco na casa de Tenório. Na hora, começou a

-13-

SEQ. 24 - DUZENTOS E DOIS - QUARTO DE SABRINA - INT/NOITE.

Sabrina está com Martin na cama.

    SABRINA: Hoje, estou fazendo greve!

OK - 18/8

SEQ. 25 - DUZENTOS E DOIS - ~~SOBRADO~~ INT/NOITE.

Teresa está muito brava, mas procura não falar alto.

    TERESA: Não me faça perder a paciência!
    Já estou cheia das suas escapadas!

SEQ. 26 - DUZENTOS E DOIS - QUARTO DE SABRINA - INT/NOITE.

Martin senta na cama, procurando a roupa, mas Sabrina o abraça.

    SABRINA: Não!... Hoje, eu não trabalho!
    Não tou a fins...
    MARTIN: E a velha?
    SABRINA: Que se dane! Não pretendo ficar
    aqui por muito tempo. Só vim porque tava
    na pior.

Martin torna a deitar. Sabrina cheira as flores de plástico, com nostalgia.

    SABRINA: Conta mais, dos lugares onde
    você andou...

Martin abraça Sabrina.

    MARTIN: Vou lhe contar minha maior
    aventura! Por sinal, foi quando eu
    comprei essas flores. Eu tava de folga
    em Hong Kong...

Sabrina olha para as flores, com surpresa.

    SABRINA: Nossa! King Kong!?

Teresa bate na porta.

    TERESA (OFF): Sabrina!

Close-Up: Sabrina olha para porta, com ~~raiva~~ ansiedade.

    SABRINA: Vai te fudê!

Congelamento da expressão de raiva de Sabrina, seguido de fusão para SEQ. 27.

Roteiro de Flor do Desejo

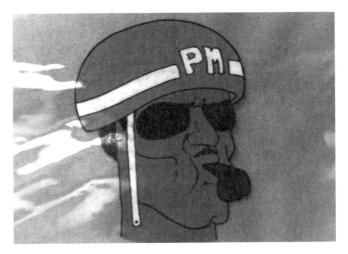

Personagens do curta Zabumba

chover bastante e não tínhamos como abrigar tantos figurantes. Se eu os mandasse dispersar, com certeza iriam embora: os figurantes adoram fugir, alguns levam as roupas como lembrança, causando prejuízo. Para evitar a fuga dos *figs*, fiquei com eles na chuva e iniciei algumas chatices militares: *Tem alguém molhado?* Eles: *Não.* Mudava o assunto: *Tem alguém cansado?* Eles: *Não.* Perguntava de novo: *Tem alguém com sono?* Eles: *Não.* Na verdade, eu interpretava um comandante do exército, utilizando seus métodos de liderança: *Você somente será respeitado pelos seus comandados se estiver na mesma condição que eles. Um comandante que se encontra numa sala com ar condicionado não será admirado por eles.* A chuva passou e conseguimos filmar naturalmente. A cena ficou muito bonita e foi uma das melhores de O *Homem da Capa Preta*, que foi escolhido como o melhor filme do Festival de Gramado de 1986.

São Paulo/SP, Guarujá/SP, Planaltina/DF, Niterói/RJ

Meu próximo desafio foi a participação no filme *O País dos Tenentes*, no ano de 1986. Admirava muito o diretor João Batista de Andrade e estava contente em poder aprender com ele. A produção exigiu uma longa preparação, com um aprofundamento teórico sobre o movimento tenentista, que se iniciou na República Velha e tinha um cunho político-militar. Nesse filme, tive muitas funções importantes, com destaque para duas: buscar locações e acompanhar a atuação dos figurantes. Descobri em Planaltina, cidade satélite de Brasília, o local ideal para fazermos a passagem da Coluna Prestes, e, além disso, levei o João Batista até Niterói para que ele conhecesse um forte, o mesmo que serviu de locação para *O Homem da Capa Preta*, e que era um ótimo ambiente para *O País dos Tenentes*. O filme exigiu a construção de cenários em diversos espaços, como São Paulo, Rio de Janeiro, Brasília e Guarujá. Destacaram-se os trabalhos do diretor de arte, Marcos Weinstock, e de fotografia, Adrian Copper.

No entanto, quem me chamou a atenção foi o grande Paulo Autran. Ele se comportou como um sinônimo de profissionalismo: uma pessoa simples, que dispensa motorista, e ao mesmo tempo uma pessoa rica, com muitas histórias interessantes para contar. O Paulo é um homem de Teatro, onde está o seu maior prazer: o contato imediato com o público. Entretanto, mostrou-se muito entendido de cinema e, certa vez, me disse: *Um ator que quer fazer cinema não pode ter pressa. A paciência é fundamental, pois ele não é o elemento mais importante do diretor. Antes*

Paulo Autran e Henrique Christensen em O País dos Tenentes

dele, vem a luz, o cenário, o figurino. Paulo Autran provou que uma máxima é verdadeira: *Um grande personagem precisa de um grande ator e os grandes personagens encantam os grandes atores.*

Ter participado de *O País dos Tenentes* me ensinou muito sobre planejamento do uso dos atores e sobre programação das cenas. O Paulo tinha apenas um mês para as filmagens, período em que estava aguardando o começo de uma próxima produção teatral, mas acabou correndo tudo bem e montamos um excelente calendário de filmagem, que em nenhum momento foi comprometido, até mesmo quando ocorreu um incidente nas conturbadas filmagens da Coluna Prestes.

Estávamos com o número de figurantes abaixo do mínimo necessário e a produtora-executiva Assunção Hernandes e eu tivemos a idéia de ir até uma comunidade local para convocar algumas pessoas com a ajuda das associações de moradores. Mandamos quatro ônibus, que voltaram cheios de figurantes, e iniciamos a cena. Estava montado numa mula, vendendo jornais: essa foi a melhor forma encontrada para coordenar o deslocamento dos *figs* e para que o João Batista pudesse filmar a cena de helicóptero. Nesse momento de *O País dos Tenentes*, fiz minha terceira aparição à la Alfred Hitchcock. A primeira foi em *Flor do Desejo*, no qual a continuísta Regina Rheda e eu aparecemos numa janela, olhando uma pessoa que estava levando uma surra. A segunda ocorreu em *O Homem da Capa Preta*, quando fui um dos soldados que prendeu Tenório Cavalcanti, interpretado por José Wilker. Confesso que não me sinto muito à vontade quando atuo numa cena. Sou muito tímido e não tenho a técnica necessária para fazer uma boa atuação, porém espero aprimorar os meus conhecimentos para algum dia poder fazer uma atuação inesquecível. Na adolescência, pensava em ser ator e me matriculei no curso de Teatro da Escola Macunaíma, de Silvio Zilber. Mais tarde, tentei uma vaga no Grupo Asdrúbal Trouxe o Trombone para participar do espetáculo *A Farra na Terra*. Dessa aventura, vivida ao lado das amigas Anna Muylaert e Marisa Orth, lembro da minha total falta de talento.

Bem, vamos voltar ao filme *O País dos Tenentes*. A filmagem do deslocamento da Coluna Prestes mostrou-se muito complicada. Aos poucos, os *figs* ficaram, naturalmente, com fome e o caminhão com a alimentação não estava conseguindo chegar ao local combinado. Resultado: eles saquearam todas as frutas e milhos que seriam usados na filmagem e chegaram até a tirar leite da cabra. Só não foram embora porque os ônibus estavam a mais de oito quilômetros de distância e porque iniciei uma conversa, pedindo paciência e dizendo que tudo ficaria bem. E ficou. Fizemos a cena da forma mais maravilhosa possível! O resultado de *O País dos Tenentes* pode ser conferido em 80minutos de filme, com a presença de grandes atores, como Ricardo Petraglia e Carlos

Com João Batista de Andrade, David Neves e Sylvio Back no 5° Festival de Cinema de Natal, 1991

Gregório, entre outros. Tenho muito orgulho de ter indicado ao João Batista a contratação de uma jovem atriz que havia se revelado no espetáculo *Romeu e Julieta*: a querida Giulia Gam, com quem filmaria outras vezes ao longo de nossas carreiras.

São Paulo/SP

Em *A Dama do Cine Shangai*, no ano de 1987, voltei a trabalhar com o diretor Guilherme de Almeida Prado, o que agilizou bastante o trabalho: ele já conhecia o meu método e eu conhecia o dele. Guilherme sabe o que quer filmar, é um diretor que não tem dúvida. Um exemplo foi que ele contratou Hector Gomes Alysio, um desenhista e ilustrador que desenhou todas as cenas do filme num preciso *storyboard*, com o objetivo de facilitar o trabalho da produção na busca dos elementos necessários para compor as cenas. *A Dama do Cine Shangai* narraria a história de um corretor de imóveis, que tentava provar sua inocência para ficar, de uma vez por todas, ao lado de seu grande amor. A equipe foi muito bem escolhida pelo Guilherme, com destaque para a competência da produtora Assunção Hernandes.

Durante as filmagens, fui apresentado a uma dupla simpática e maravilhosa: Antônio Fagundes e Maitê Proença.

Esses atores se mostraram muito bem humorados e provaram ter uma capacidade extraordinária para atuar no cinema. Nesse filme, pude aperfeiçoar o tipo de relacionamento especial que se estabelece entre o diretor-assistente e o elenco. Fagundes e Maitê depositaram, aos poucos, uma grande confiança em mim. Somente quando eu os chamava para entrar em cena é que eles se dirigiam ao *set*, pois Guilherme, assim como Bruno Barreto, era um grande perfeccionista e sempre encontrava algum detalhe para ajustar. O principal instrumento de trabalho do ator é o corpo, que precisa estar em boas condições físicas para sua melhor performance. O isolamento do elenco

O plano final do filme, José Lewgoy, Maitê Proença e Paulo Villaça

A DAMA DO CINE SHANGHAI

Antonio Fagundes

não pode ser entendido como uma implicância ou intolerância pois, em vários momentos, a concentração dos atores parte de uma descontração que eles têm nos bastidores.

Os locais das filmagens de *A Dama do Cine Shangai* não eram muito confortáveis e foi preciso adaptar alguns espaços das locações para criar acomodações para elenco e equipe.

Somente em 1989, quando participei do longa *Os Trapalhões na Terra dos Monstros*, é que me deparei com o conforto e os benefícios que os *trailers* oferecem ao elenco e à equipe. Situação semelhante vivi durante o filme *O Mar por Testemunha*, que contava com um iate-camarim para o repouso e descanso dos atores. Estruturas muito diferentes de *A Dama do Cine Shangai*, filme premiadíssimo no 16.º Festival de Gramado, no ano de 1988, levando sete prêmios: melhor filme, diretor, fotografia, montagem, cenografia, música e filme da crítica.

Londrina/PR

Quase 20 anos depois, eu voltaria a trabalhar como assistente de direção. Lucas Amberg, diretor de *Caminho dos Sonhos* (1998), convidou-me, no ano de 2004, para ajudá-lo a desenvolver um novo projeto. *Heróis da Liberdade*, baseado em livro homônimo de Ermani Buchmann, contaria a história dos preparativos da festa de aniversário da cidade de Londrina. Inesperadamente, o prefeito morre, acrescentando suspense a um roteiro cinematográfico recheado de elementos históricos e comédia.

O filme começou a ser rodado com um orçamento muito apertado e tivemos algumas dificuldades para compor elenco e para executar algumas cenas. O roteiro pedia, por exemplo, um confronto entre dois lutadores de boxe. Inicialmente, pensamos em contratar o Maguila, mas o valor do cachê que ele pedia e o fato do lutador já ter muitos compromissos impediram a participação do atleta. Lucas e eu ficamos estudando possíveis substitutos do Maguila, mas não encontrávamos um nome adequado. A solução foi dada por Ernani, que sugeriu o nome do pugilista brasileiro Macaris do Livramento, campeão mundial entre 1996 e 2000.

O oponente de Macaris foi o Zulu, participante do *reality show* Big Brother Brasil, exibido pela Rede Globo de Televisão, no ano de 2004. As filmagens dessa cena exigiram uma grande presença de figurantes, mas não tínhamos muitos recursos. Resolvemos, então, convocar os moradores de Londrina, via rádio. O sucesso dessa operação foi muito grande e as pessoas lotaram

Com Lucas Amberg e Débora Bruno

a Universidade de Londrina, local onde a cena foi gravada.

Durante toda a produção, participei ativamente da seleção do elenco, sugerindo alguns nomes, entre eles o de Mário Schoemberger, que havia trabalhado comigo em *Querido Estranho* (2004). A atuação dele agradou ao Lucas, que poderá utilizá-lo em outros filmes.

São Paulo/SP, Rio de Janeiro/RJ, Manaus/AM, Ribeirão Preto/SP

Poucos meses depois de encerar a minha participação em *Heróis da Liberdade*, Guilherme de Almeida Prado perguntou se eu aceitaria trabalhar em *Onde Andará Dulce Veiga?*, seu então mais novo projeto. O longa contaria a história de um jornalista que resolve descobrir o paradeiro de Dulce Veiga e teria a participação de grandes atores, entre eles Maitê Proença, Eriberto Leão e Carolina Dieckmann, que faria a sua estréia no cinema.

Esse conjunto de elementos me fascinou bastante e, no ano de 2005, aceitei o desafio. Diferente de *Heróis da Liberdade*, o filme do Guilherme contou com um bom orçamento, em torno de R$ 3,3 milhões, o que facilitou a produção de cenas sofisticadas, que exploravam o universo lírico do jornalista. Não tivemos grandes dificuldades e tudo correu dentro do prazo planejado.

A entrega do elenco foi muito grande. A Carolina Dieckmann, por exemplo, incorporou uma roqueira e se adequou rapidamente ao papel para cantar três músicas do filme. A Maitê Proença, que já havia trabalhado em outros filmes do Guilherme, como *A Dama do Cine Shangai*, mostrou-se muito á vontade para atuar. O mesmo ocorreu com os demais atores.

São Francisco do Sul/SC, Lages/SC, Curitiba/PR, Campo Largo/PR

Um novo projeto sempre vai nos acrescentar conhecimentos diferentes e nos levar a profundas reflexões. Eu vivi isso intensamente quando participei das filmagens de *Garibaldi in America*, no ano de 2005. O diretor Alberto Rondalli mostrou-se muito preocupado com os figurinos, cenários e atuação de atores. Utilizávamos muita lã e veludo para que os trajes realmente se parecessem com os da época em que Garibaldi lutou na Revolução Farroupilha e acabou conhecendo Anita.

Os cenários também foram cuidadosamente escolhidos para que parecessem reais e não apenas uma adaptação da realidade. Já os atores, participaram de um processo muito intenso de preparação, com destaque para a Ana Paula Arósio, que foi escalada para fazer o papel de Anita e enfrentou uma verdadeira maratona.

Antes das filmagens, Alberto sugeriu que a atriz sofresse uma transformação física, deixando o cabelo crescer e emagrecendo alguns quilos, pois Ana precisava se parecer com uma moradora de aldeia. A atriz seguiu as orientações á risca e ainda aprendeu a remar e a lutar, tarefas executadas por sua personagem. Anita também era uma exímia montadora de cavalos, mas Ana Paula Arósio não precisou aprender a cavalgar, pois ela já havia praticado hipismo. Aliás, essa qualidade contribuiu bastante para que o diretor Alberto a escolhesse para o papel de Anita.

A dedicação da Ana Paula foi algo impressionante. Ela agüentava repetir várias vezes uma mesma cena em que tinha que remar durante alguns minutos, sem se queixar de dor no braço. Isso só foi possível graças a uma grande concentração e dedicação da atriz, que já saia do hotel com a roupa da personagem no corpo. É claro que imprevistos acontecem. Um dia estávamos filmando em São Francisco do Sul, Santa Catarina, quando gravamos a Ana Paulo remando em altomar. Após realizar várias vezes essa cena, a atriz voltou para a praia e desmaiou. Ficamos muito preocupados, mas, felizmente, foi apenas uma queda de pressão. Levamos a Ana Paula até um hospital e ela voltou a filmar no dia seguinte.

No começo dessa produção, eu precisei utilizar intérprete para conversar com o diretor Alberto, mas aos poucos aprendi a falar razoavelmente italiano e conseguíamos dialogar com mais tranqüilidade. *Garibaldi in America* é uma co-produção Brasil/Itália, sob a responsabilidade da Laz Audiovisual. Além de Ana Paula Arósio, o filme conta com grandes atores, entre eles Gabriel Braga Nunes, Paulo Betti, Chico Diaz e Paulo Cesar Pereio.

No set de Doida Demais

Capítulo V

Diretor assistente

Rio de Janeiro/RJ, Niterói/RJ, Barreiras/BA, Alta Floresta/MT, Belo Horizonte/MG

Um profissional pode ser considerado diretor-assistente em dois casos. Se ele dirige um longa-metragem e, algum tempo depois, faz a assistência de direção de algum projeto. Essa nomeação ocorre por uma questão de *status*, como uma lembrança ao fato dele já ter sido diretor e possuir conhecimentos para dirigir um filme. Em 1988, quando participei das filmagens de *Doida Demais*, de Sérgio Rezende, esse não era o meu caso, pois eu ainda não havia realizado *Sua Excelência, o Candidato*. Fui considerado diretor-assistente porque recebi um aumento de atribuições, configurando-se num maior poder de tomada de decisão. Por exemplo, eu podia, sem submeter à apreciação do Sérgio, escolher o elenco de apoio e criar cenas que seriam incorporadas ao filme.

O longa foi filmado em vários Estados brasileiros, entre eles Bahia, Rio de Janeiro, Mato Grosso e Minas Gerais, para onde foi enviada uma segunda unidade de filmagem para captar alguns *plates*, isto é, as imagens que seriam usadas no fundo das cenas com trucagem. Para simplificar: no filme, Paulo Betti e Vera Fischer estariam voando num avião e as imagens captadas pelo fotógrafo César Charlone no Estado de Minas Gerais estariam passando na janelinha. Para realizar esse efeito, utilizamos *back projection*, ou seja, projetamos numa tela as imagens previamente captadas em 35 mm. A tela foi estrategicamente colocada atrás das janelas de uma aeronave estacionada num hangar da Aeronáutica, num subúrbio do Rio de Janeiro. Ao mesmo tempo em que projetávamos as imagens, filmávamos as cenas com os atores.

Tudo isso era feito com muito cuidado: o ruído do projetor 35 mm não podia interferir na qualidade da gravação do som direto dos diálogos. Atualmente, essa trucagem seria executada com computadores e software, que fariam a sobreposição de duas imagens. Ainda bem que a tecnologia evoluiu!

Durante as filmagens, Vera Fisher apresentou-se como uma pessoa muito simpática e prestativa. Ela tem uma exuberância, um magnetismo e um profissionalismo que poucas atrizes brasileiras e internacionais possuem. Vera provou-me que os grandes personagens se fazem com grandes estrelas. Outro que também pode ser inserido nesse conceito é Paulo Betti, de quem me tornei um grande amigo: trabalhamos juntos em várias outras oportunidades e sempre trocamos muitas experiências. Contudo, quem me surpreendeu foi José Wilker, que se comportou de uma maneira menos misteriosa e muito mais acessível do que nas filmagens de *O Homem da Capa Preta*.

Doida Demais, que relata a fuga de uma *marchande* de arte que tenta escapar de um homem obcecado por ela, foi lançado em 1989 com 103 minutos de duração. No elenco, além de Paulo Betti, Vera Fischer, Ítalo Rossi e José Wilker, estão Carlos Gregório, Manfredo Bahia e Lucas de Castro, entre outros. Neste filme, tive o meu primeiro encontro profissional com Antônio Luís Mendes Soares, fotógrafo com quem trabalhei outras vezes.

Rio de Janeiro/RJ

Nessa época, Renato Aragão estava terceirizando a produção de seus longas-metragens e contratou a Ponto Filmes, comandada por Cacá Diniz, Yurika e Tizuka Yamazaki. Cacá e a supervisora de produção da RA Produções, Márcia Bourg, convidaram-me então para ser o diretor-assistente do filme *Os Trapalhões na Terra dos Monstros*, no ano de 1989. O filme seria dirigido por Flávio Migliaccio, responsável por filmes como *As Aven-*

turas com Tio Maneco (1971) e *Maneco, o Super Tio* (1978). Fui contratado para auxiliar o Flávio, que não dirigia há alguns anos, embora tivesse uma grande experiência em realizar filmes infantis, justamente o público dos Trapalhões.

Pela primeira vez, estava chegando ao cinema comercial brasileiro o sistema de produção cinematográfica do qual sempre quis fazer parte. Um cinema que se auto-viabiliza, que colhe resultados e tem bilheteria. Em *Os Trapalhões na Terra dos Monstros*, participaram Renato Aragão, Mussum, Dedé, Zacarias, Angélica, Gugu e o Grupo Dominó. Cheguei a fazer uma memorável figuração no clipe da Angélica, filmado no alto da Pedra da Gávea. Foram meus longos segundos de fama: eu apareço dançando e olha que eu danço pior do que jogo futebol. Por ser um notório perna-de-pau, já recusei vários convites ao longo da carreira, entre eles o de jogar contra uma equipe formada pelos moradores do Parque do Igapó, em Londrina, quando estava participando do longa *Heróis da Liberdade*, de Lucas Amberg.

Durante as filmagens, Renato mostrou-se uma pessoa com capacidade incrível de interpretar e de encantar as pessoas. Descobri que não era por acaso que ele alegrou e ainda alegra várias gerações. Com muito bom humor, ele se divertia com o próprio personagem, deixando os profissionais da direção e da produção muito à vontade para filmar e compor os cenários, muito bem produzidos pela Yurika. Descobri que o Renato era uma pessoa tímida, o que me causou um certo espanto. A gente sempre imagina que as celebridades são descontraídas e soltas, mas nem sempre isso é verdade. Ele sentia um certo desconforto ao ser assediado por crianças e adultos, era uma pessoa muito reservada, que se soltava e vivia o personagem Didi na hora da filmagem. Somente eu podia entrar no *trailer* dele e avisá-lo quando teria que entrar em cena. Como você já sabe, essa é uma das funções do diretor-assistente. Embora seja aparentemente fácil, ela requer senso de oportunidade, pois se feita de forma indevida pode irritar os atores e tirar a concentração deles.

Somente o maquiador tem mais liberdade com os atores do que o diretor-assistente e o assistente de direção, pois ele é o responsável por cuidar do corpo e da imagem deles, tornado-se, em decorrência disso, muitas vezes um confidente. No lado oposto, está a relação entre o diretor e o ator, que, na maioria dos casos, se relacionam somente nos locais e momentos de filmagem, com o objetivo de propiciar a criação do personagem.

Equipe de Os Trapalhões na Terra dos Monstros *(Ricardo está à esquerda de Angélica)*

Vitória/ES, Ibotirama/BA, Barreiras/BA

Pouco tempo depois do lançamento de *Os Trapalhões na Terra dos Monstros*, o governo Collor decidiu, no ano de 1990, extinguir a Embrafilme, balançando com toda a estrutura do cinema brasileiro, pois essa empresa foi fundamental para a distribuição da maioria dos filmes nacionais nas salas de cinema. A indústria cinematográfica logo sentiu a perda da Embrafilme. Para se ter idéia, com a existência da empresa, a produção era de aproximadamente 30 filmes por ano. Depois do fechamento, esse número foi drasticamente reduzido. Em 1990, por exemplo, foram lançados apenas dois longas: *Lua de Cristal*, de Tizuka

Yamazaki, e *Uma Escola Atrapalhada*, de Antônio Rangel. Para continuar a realizar novos projetos, alguns produtores como Paulo Thiago, Gláucia Camargo e Mariza Leão, criaram, com a ajuda do Bandes (Banco do Desenvolvimento do Espírito Santo), uma espécie de fundo estadual para o cinema. Essa iniciativa viabilizou a realização de três filmes: *Vagas para Moças de Fino Trato* (1993), do Paulo, *O Amor Está no Ar* (1997), de Amylton Almeida, e *Lamarca* (1994), de Sérgio Rezende. São filmes precursores do movimento a que chamamos de *Retomada*. A convite do Sérgio e da Mariza, participei desse último, no ano de 1993.

Auxiliei bastante na seleção e preparação do elenco. Viajamos para os Estados de Espírito Santo e Bahia para testar atores locais: alguns se mostraram muito talentosos e muitas vezes antevíamos os personagens. Há uma característica que distingue a dramaturgia cinematográfica das demais. Nos filmes, cerca de 70 a 80% da ação é conduzida pelo protagonista e todos os incidentes que este personagem central vai enfrentar são apresentados por meio de confrontos ou situações com personagens episódicos. Dessa forma, a maior parte dos papéis secundários são pequenos e podem se resumir a apenas uma cena. Costuma ser bastante frustrante para os atores que procuram oportunidades junto aos produtores de elenco. Na maioria das vezes, eles precisam se contentar com papéis episódicos, pois os principais costumam ser reservados para atores mais conhecidos do público. Os testes nem sempre visam selecionar o melhor ator, pois a seleção é subjetiva. O que se busca é uma coincidência entre um conceito de personagem e a revelação da imagem de uma pessoa para aquilo que se idealizou.

Às vezes, o papel tem a cara de determinado ator, outras, o ator tem a cara do personagem. Ao produtor de elenco, ao diretor-assistente e ao diretor cabem a busca e a escolha desses atores. Sugeri ao diretor que ele contratasse Ernâni Moraes, um ator que eu sempre admirei por suas atuações no teatro e que mais tarde participaria de outros filmes do Sérgio, como *Onde Anda Você* (2004).

Para realizar *Lamarca*, tivemos um amplo período de preparação, que envolveu pesquisas históricas. Fiz um grande levantamento sobre o personagem central e consegui obter informações importantes do homem que fez árdua oposição à ditadura militar. Esse é um procedimento constante quando participo de produções de época, pois são vários os aspectos que precisamos observar: cenários, comportamento, figurinos, moda, comportamento social e linguagem, entre outros. Cada profissional fará as observações referentes à sua área de atuação. Foi assim em *O Homem da Capa Preta*, *O País dos Tenentes*, *Mauá, o Imperador* e *o Rei...*

No filme *Lamarca*, destacou-se a atuação brilhante, emocionante e até mesmo surpreendente de Paulo Betti. O ator chegou ao extremo cuidado de realizar algumas dietas alimentares para compor os momentos em que Lamarca ficava doente. Foi uma entrega total às necessidades de seu personagem! Tenho muito orgulho de ter participado dessa produção e de ter trabalhado com profissionais tão dedicados ao cinema nacional.

São Paulo/SP

Sempre admirei o cineasta Walter Hugo Khouri, que freqüentava a Boca do Lixo e conseguia imprimir uma carga autoral em seus filmes, abordando constantemente a temática psicológica. O trabalho dele era muito pessoal e o sucesso das produções despertou-me o desejo de ser assistente dele. O produtor Aníbal Massaíni Neto apresentou-me ao diretor e, como resultado desse encontro, consegui ser aceito para trabalhar em *As Feras*, no ano de 1994. Walter tinha um método muito interessante de filmar. No primeiro dia em que trabalhamos juntos, fiquei espantado e, até certo ponto, desesperado. Ele chegava à uma da tarde ao *set* e saía à meia noite, horário estabelecido por ele para fazermos o longa. Ao entrar no local das filmagens, Walter sentava-se em frente à máquina de escrever, respirava fundo e começava a reestruturar todas as cenas, linha por linha, palavra por palavra.

Fui ao encontro do Aníbal e perguntei o que estava acontecendo. Ele simplesmente me pediu calma e disse que tudo ia ficar bem. Tentei controlar a minha ansiedade, mas não conseguia muito, andava de um lado para o outro. Só não me desesperei mais porque o *set* estava repleto de mulheres lindas, tornando o ambiente mais gos-

Equipe de As Feras *(Ricardo de camisa preta)*

toso e prazeroso. Queria resolver algumas futuras pendências, mas sabia que precisava esperar a nova versão da cena. Queria ajudar, mas percebi que o método utilizado pelo Walter era muito diferente do usado por Guilherme de Almeida Prado e por Bruno Barreto. Eles adiantavam como a cena seria, enquanto o Walter deixava para revelar na última hora, poucos minutos antes dela ser filmada. Após a cena ser reescrita, corria-se para tirar xerox e distribuir o novo roteiro para o elenco a fim de que todos pudessem decorar as falas. Achava que não ia dar tempo de filmar todas as passagens, mas Walter me surpreendia e, com uma agilidade tremenda, aproveitava o tempo, mostrando-se muito rápido na hora de captar e realizar as cenas. Antes de cortar uma tomada de cena, ele rapidamente orientava o operador de câmera para fazer um close ou uma tomada mais aberta, sem que se tivesse que refazer o foco e sem ensaiar novos enquadramentos. Essa agilidade só foi possível graças à sintonia que o diretor tinha com o experiente diretor de fotografia Toninho Meliande, a quem conheci durante minhas idas a Boca do Lixo.

Walter foi um mestre, um professor que me deu grandes dicas de como podemos otimizar o tempo. Usei a técnica dele nos meus próximos trabalhos, mas é claro que com uma diferença: nunca deixei para escrever uma cena na última hora. Somente uma pessoa que tenha muita tranqüilidade é que pode fazer isso. Não é o meu caso! Em *As Feras*, Walter teve muita competência para realizar ótimas cenas e fazer referências a alguns filmes, como o clássico alemão *A Caixa de Pandora* (1928), de G. W. Pabst, no qual a atriz Louise Brooks interpreta uma ingênua e bela jovem. Em *As Feras*, discutia-se e tentava-se compreender a repetição compulsiva por meio de uma história erótica que narrava o desejo de um homem pela prima, em diferentes épocas da vida dele. O filme foi o longa de estréia da atriz Cláudia Liz, que se mostrou muito esforçada e disposta a fazer um bom trabalho ao lado de feras como Nuno Leal Maia, Lúcia Verissimo, Branca de Camargo, Betty Prado e Monique Lafond. Dessa vez, foi com enorme alegria que apresentei Luiz Maçãs ao Walter, futuro admirador do ator.

Pesqueira/PE, Itu/SP

No trabalho seguinte, Aníbal e eu voltamos a nos encontrar e demos continuidade a uma parceria que deu muito certo. Um pouco antes de eu participar da produção de *Doida Demais*, ele convidou-me para fazer parte da equipe que iria refilmar *O Cangaceiro* (1953), de Lima Barreto, o clássico filme vencedor do prêmio de melhor *filme de aventura* do Festival de Cannes de 1953.

Entretanto, Aníbal fez uma ressalva, alertando que o projeto ainda teria uns ajustes e que não estava totalmente pronto.

Diante desse impasse, preferi aceitar o convite e participar do filme *Doida Demais*. Durante esse tempo, Aníbal e eu sempre conversávamos e ele me contava as novidades e avanços do projeto, que caminhava em passos lentos. Tão lentos que possibilitou a Aníbal que ele produzisse um outro filme, *As Feras*, antes que *O Cangaceiro* virasse realmente um projeto concreto. Quando isso finalmente aconteceu, fui incumbido de ser o diretor-assistente, mas ainda faltava a escolha do diretor. Aníbal tinha comprado 100% dos direitos do filme e decidiu pelo nome de Carlos Coimbra. Durante uma visita às locações, Coimbra levou um tombo e deslocou a retina, obrigando Aníbal a assumir a direção do projeto, pois, segundo ele, seria difícil encontrar um novo diretor, um diretor que estivesse emocionalmente envolvido com o filme no mesmo grau em que ele estava. As filmagens ocorreram em Pesqueira, no Estado de Pernambuco. O calor era intenso e chegava a irritar os técnicos e atores. Esse desconforto era aumentado pela temática do filme, que contava uma história de morte e seca e exigia um grande esforço de atuação e de representação do elenco sob um sol escaldante.

No set de filmagens de O Cangaceiro

Como se não bastasse, a tensão na filmagem aumentou, fruto de um desentendimento entre Aníbal e Paulo Gorgulho. Não sei se a origem da discussão foi logística ou meramente artística. Só sei que o ambiente não estava muito harmonioso e piorou bastante quando o Paulo soltou uma frase forte, talvez impensada: *Não vale a pena continuar nesse filme, está sendo muito penoso e desgastante para mim*. Rapidamente, fui ao encontro do ator e o levei até um lugar retirado para que pudéssemos conversar com uma certa tranqüilidade. Decidi expor ao ator tudo o que eu realmente pensava: *Paulo, está sendo penoso para todos nós. São aproximadamente 60 técnicos que estão sofrendo e trabalhando sob um sol ardente e forte, pois 60 famílias dependem desse filme para sobreviver e se alimentar. Se nós pararmos essa produção, o sonho de realizarmos um projeto grandioso como esse acabará, mas, principalmente, teremos muitas pessoas desempregadas. Nem uma divergência pessoal, nem um desentendimento profissional podem acabar com uma produção*. Por alguns minutos, Paulo refletiu e disse: *Ricardo, você tem razão. Seu comentário mudou a minha percepção sobre a responsabilidade que tenho aqui. Mas, continuo chateado com o Aníbal*. Nesse momento, lembrei de um fato interessante, a fim de que o Paulo se reanimasse um pouco: *Em* O Beijo da Mulher Aranha *(1984), o diretor Hector Babenco e o ator William Hurt se desentenderam e fizeram o filme sem se falar. Resultado: Willian ganhou o prêmio de melhor ator no Festival de Cannes e também o Oscar, ambos em 1985, e Hector foi indicado ao Oscar de melhor diretor. Paulo Gorgulho abriu um sorriso e disparou: Vamos voltar, vamos continuar.*

O diretor-assistente é, em muitos casos, uma ponte entre o diretor e o ator e deve fazer de tudo para que exista uma certa harmonia entre eles. Aos poucos, Paulo e Aníbal voltaram a se falar e não tivemos problemas para, no ano de 2000, retomar o projeto e gravar cenas inéditas para uma minissérie, também chamada *O Cangaceiro* e que seria exibida na televisão. Dessa vez, o conforto dos atores e equipe aumentou, pois não filmamos em Pesqueira, em Pernambuco, e sim na Fazenda Japão, em Itu, interior de São Paulo, local que serviu de cenário para alguns filmes de Carlos Coimbra e que se mostrou menos quente e mais agradável do que as locações do filme. Na minissérie, a direção de fotografia, anteriormente feita por Cláudio Portioli, passou a ter colaboração de Conrado Sanches, que substituiu Carlão Reichenbach num dia de filmagem de meu longa *Sua Excelência, o Candidato*.

Quando *O Cangaceiro* foi exibido nos cinemas, em 1997, a crítica o comparou ao original de

Lima Barreto. Uma atitude injusta, pois os tempos eram outros e os recursos utilizados também. O de Lima é um clássico e deve ser respeitado como tal. Nós procuramos fazer uma refilmagem e não uma cópia, por isso as produções não são iguais e a comparação se mostra inadequada. Uma das grandes dificuldades da refilmagem de um clássico é a pressão que sofremos antes do projeto começar. Ela veio de todos os lados e também foi muito freqüente no *set*, entre a equipe e os atores, que embora já fossem consagrados, perceberam que estavam diante de um grande desafio. Todos se saíram muito bem: Paulo Gorgulho, Luiza Tomé, Alexandre Paternost, Ingra Liberato, Otávio Augusto e Jece Valadão se destacaram bastante e estão muito bem. Destaco também o carisma de Tom do Cajueiro, um ex-guia mirim descoberto por Regina Casé em matéria produzida pela TV Globo.

Junco do Salitre/BA, Juazeiro/BA, Petrolina/PE

No ano seguinte, em 1996, voltaria a participar de mais uma produção do cineasta Sérgio Rezende, *Guerra de Canudos*, um projeto de fôlego que me consumiu um ano entre a preparação e a filmagem. Nesse longa-metragem, foi-me delegada a função de filmar todas as cenas em que não apareceriam os atores, e sim figurantes. Utilizei, então, uma técnica que vinha aperfeiçoando desde o filme *O Homem da Capa Preta*. Naquela época, conversava com cada um dos figurantes, explicando o que eles tinham que fazer e como eles deveriam agir na cena, gastando muito tempo. Durante as filmagens, comecei a perceber que isso não era necessário, mas foi só em *O País dos Tenentes* que experimentei um novo modelo: o de falar com os figurantes de uma maneira geral, economizando tempo. Eu dava a ordem e deixava eles agirem naturalmente para só depois corrigir os erros. Em *Guerra de Canudos*, aprimorei esse método e incorporei uma *tecnologia* para que todos, teoricamente, pudessem me ouvir: um conjunto formado por um microfone com fio e duas caixas de som amplificado. Eu o chamei de *Faladeira*, uma corruptela ao apelido dado ao canhão *Matadeira*, utilizado pelos integrantes da *Guerra de Canudos*.

A *Faladeira* me acompanhava em todo lugar, pois as minhas ordens tinham que ser compreendidas pelos figurantes. Em determinadas cenas, essa *tecnologia* se mostrou ineficaz, já que não possuía um potente amplificador de som e algumas pessoas não conseguiam entender o que eu falava a mais de um quilômetro de distância. Um exemplo típico foi numa cena de ataque em que participaram aproximadamente mil figurantes. Nesse caso, decidi utilizar o mais simples procedimento militar, nomeando um comandante para cada grupo de 30 pessoas e conversando apenas com eles, mas pedindo que a ordem fosse retransmitida aos restantes. Esse ataque foi treinado como uma operação pelos soldados do Batalhão de Infantaria da Cidade de Petrolina, no Estado do Pernambuco, por isso, como os figurantes eram os próprios militares, não tive problemas em usar uma linguagem própria deles: *Ao chegar no teatro de operações, quero que a tropa tome o seu dispositivo no terreno.* Traduzindo para a linguagem cinematográfica: *Os figurantes devem se dirigir para as suas marcações.* Para avisar que as filmagens iriam começar, substituí a *Faladeira*

Com a filha Suzana, no set de Canudos

por algo ainda mais *high tech*: um corneteiro, que a cada toque expressava *atenção*, *preparar* e *atacar*, ou seja, o nosso comando de *ação*. Esse sistema funcionou muito bem e só chegou a ser comprometido pelos batalhões formados por civis. Para aumentar o número de figurantes militares e atingir a quantidade correta, convocamos algumas pessoas, que foram colocadas atrás dos verdadeiros soldados, pois elas não possuíam botas e tiveram que usar uma sandália enrolada em panos. Não tínhamos equipamentos e uniformes para todos e, freqüentemente, tivemos que improvisar. A essas pessoas, expliquei o método *papagaio*: *Façam tudo o que os militares fizerem, ou seja, imitem*. Para motivar ainda mais a todos, pedi que colocassem um caminhão cheio de copos d'água no local onde os soldados deveriam chegar. Ao final da cena do ataque, os figurantes estavam mortos de sede e, sem cerimônia, saquearam o veículo.

Pela primeira vez, assumi a direção de uma equipe de segunda unidade e muitos momentos de ação e efeitos especiais foram filmados por mim. Saía com uma equipe formada por fotógrafo, câmera, técnico de som e maquinista para registrar cenas de lutas, brigas e explosivos, que depois seriam encaixadas pelo diretor dentro de um contexto maior. Para filmá-las, contei

No set de Canudos

Com José Frazão e Antônio Luiz Mendes Soares, no escritório de produção de Canudos

com a ajuda de uma equipe de efeitos especiais, um coordenador de ação e um time de dublês, profissionais mexicanos liderados por Frederico Farjan. Também contamos com a ajuda do Exército Brasileiro, que nos orientou, informando-nos sobre os costumes, uniformes, falas e gestos da época em que aconteceu a Guerra de Canudos, liderada por Antônio Conselheiro.

O sistema de duas unidades foi muito produtivo, pois o Sérgio teve mais tempo para se dedicar à filmagem das cenas dramáticas que envolviam os atores principais, e, além disso, diminuiu os custos de produção, pois o filme pôde ser concluído em 16 semanas de rodagem.

Curitiba/PR, Castro/PR, Lapa/PR, Paranaguá/PR

O cinema é uma profissão muito inconstante, uma hora você entra em contato com os profissionais da área para tentar uma vaga numa equipe, como eu fiz para trabalhar, por exemplo, em *Além da Paixão* e *O Homem da Capa Preta*, outra hora o trabalho vem atrás de você. Certo dia, entrei em casa e encontrei, na minha secretária eletrônica, um recado: *Ricardo, nós não nos conhecemos. Eu me chamo Paulo Morelli e vou dirigir um filme do Maurício Apple, um produtor de Curitiba. Gostaria de que você participasse do projeto. Favor me ligar. O número é...* Imediatamente entrei em contato com Paulo e ele disse que iria rodar o seu primeiro longa-metragem e que, por isso, precisava contar com a ajuda de um profissional mais experiente. Fui a São Paulo, conversei com ele e com Maurício, acertamos os valores e seguimos para Curitiba a fim de realizar, em 1999, o filme *O Preço da Paz*. Recebi o convite com uma grande satisfação, pois quando sou chamado para participar de uma produção, sinto-me mais confortável para trabalhar e para auxiliar a equipe, contribuindo para o andamento do filme.

O Preço da Paz contou com uma grande ajuda dos moradores de Curitiba, que, por serem admiradores de sua história e tradição, participaram ativamente emprestando, principalmente, móveis e figurinos. Curitiba mostrou-se uma cidade amiga do cinema, uma indústria não poluente, criadora de inúmeros postos de trabalho e de alto investimento de recursos financeiros em qualquer localidade. O cinema traz divisas para onde as filmagens são realizadas, pois compramos alimentos, combustível e roupas; alugamos automóveis, residências e quartos de hotéis; e contratamos mão-de-obra especializada ou não, movimentando a economia local e gerando o recolhimento de impostos.

O fotógrafo português Luiz Branquinho, um dos melhores com quem já trabalhei, deu uma grande contribuição ao filme, sugerindo-nos que as cenas fossem iluminadas com luzes refletidas em balões de hélio. O Paulo rapidamente acatou a idéia. Instalamos um refletor HMI no chão e o apontamos em direção aos balões, iluminando as cenas. A fotografia principal do filme foi feita dessa forma e o resultado foi magnífico. *O Preço da Paz* é um filme dinâmico, com destaque para a montagem realizada pelo Paulo e para a ótima direção de arte de Daniel Marques. Mais tarde, o filme ganharia os prêmios de melhor montagem

Cenas de O Preço da Paz

No set *de* O Preço da Paz, *com o diretor Paulo Morelli*

e melhor direção de arte do Festival de Gramado de 2003.

Rio de Janeiro/RJ, Angra dos Reis/RJ

Depois que acabaram as filmagens, fui procurado pela produtora Elisa Tolomelli, que me convidou a participar de um outro projeto e sugeriu que eu conversasse com o diretor Gustavo Lipsztein. Encontrei-me com ele e fiquei muito encantado com o roteiro de *O Mar por Testemunha*, que contaria a história de três jovens americanos que vêm passar as férias no Rio de Janeiro e se perdem em alto-mar. Esse drama psicológico seria filmado em inglês e teria a participação de atores estrangeiros, como Dominique Swain, que já havia feito filmes como *Lolita* (1997) e *The Smokers* (2000), Scott Bernstein, que participou do seriado *Party of Five*, e Henry Thomas, protagonista do clássico e inesquecível *ET, o Extraterrestre* (1982). Toda essa complexidade me entusiasmou bastante e rapidamente aceitei participar do projeto, no ano de 2000. Logo no início, tivemos alguns problemas. Um dos principais foi constatar que não podíamos levar gerador para dentro do barco, pois o aparelho se mostrou muito barulhento, o que impediria a gravação do som direto. Optamos pelo uso de um inversor de energia, aparelho que transforma a energia da bateria de baixa em alta voltagem, alimentando os refletores em absoluto silêncio. As baterias, por sua vez, têm uma diminuição de sua autonomia, o que nos obrigava a ter uma imensa quantidade delas para recarga.

Acompanhava as filmagens de perto, desfrutando de momentos interessantes em alto-mar. Observava os atores americanos e aprendia muito com eles, mas minha tarefa no exíguo espaço de uma lancha se restringia a dizer *Atenção, vamos filmar*. Não demorou muito para o Gustavo pedir que eu fosse para terra firme e cuidasse do planejamento estratégico, pois, segundo ele, qualquer pessoa poderia falar aquelas palavras, mas somente eu poderia organizar e cuidar do plano que determinaria os dias e os momentos de filmagem de cada cena. Acatei sua orientação e, todo dia, fazia esse documento em duas línguas, inglês e português, e, além disso, interpretava os boletins meteorológicos para observar a posição do vento e conferia a *checklist* para ter a certeza de que todos os elementos solicitados haviam sido providenciados pela equipe. Após filmar qualquer cena, Gustavo me informava pelo rádio e eu rapidamente reorganizava o plano, sinalizando que aquele trabalho havia sido feito e analisando a hipótese de encaixar alguma outra cena para ser feita. Era uma rotina de planejamento constante e muito desafiadora.

Até porque Angra dos Reis se apresentou como uma cidade de muitas estações do ano num mesmo dia, fazendo sol, chuva, tempo nublado e oferecendo momentos de tempestades. Para manter a continuidade de luz nas cenas, sugeri que o planejamento fosse feito de uma forma que as fases da história, recheada de momentos felizes e de situações de perigo, obedecessem às condições meteorológicas.

Gustavo e o fotógrafo Marcelo Durst aceitaram e eu dividi o roteiro da seguinte forma: as cenas de acontecimentos tristes, como o momento em que eles se perdem em alto-mar, deveriam ser filmadas com o tempo nublado ou tempestade, e as felizes, por exemplo, quando eles chegam à Costa Verde e se lançam ao mar, deveriam ser feitas com sol. Essa estrutura poderia interromper as filmagens de uma cena a qualquer momento e possibilitar o início de uma outra completamente diferente. Por isso, consultei os atores para ver se poderiam seguir essa estratégia de filmagem. Para minha surpresa, eles concordaram, destacando que já tinham estudado todo o roteiro e que, em Los Angeles, já haviam feito ensaio. Dei, então, início ao planejamento, obedecendo às condições climáticas, aos momentos da história e também a um outro elemento, muito bem sinalizado pelo Marcelo: as cenas tinham que ser filmadas sempre em contraluz, pois, segundo ele, daria beleza e encanto a elas, prevalecendo, por exemplo, o brilho do mar. Ele alertava: *Se forem feitas a favor do sol, elas ficarão feias e chapadas e veremos em quadro a sombra de nossos equipamentos de câmera*. Para realizar as filmagens, passamos, então, a estar a 180 graus em relação ao nascer ou ao pôr-do-sol. O resultado foi ótimo! *O Mar por Testemunha*, vencedor dos prêmios de melhor filme, melhor diretor e melhor fotografia do New York Independent Film Festival de 2002, é um grande filme e pode ser visto em 89 minutos de fita. O olhar treinado do Marcelo me fascinou bastante. Ele conseguia, com bastante entusiasmo, enxergar beleza em paisagens que, aparentemente, eram normais. Hoje, a qualquer momento em que ando de carro ou caminho pelas ruas, observo a natureza de modo diferente, sempre tentando observá-la a contraluz para descobrir um algo mais em imagens aparentemente comuns.

Salvador/BA

O meu próximo trabalho com atores estrangeiros foi em 2003. Dessa vez, com Jayne Heitmeyer e Stephen Baldwin, que, alguns anos antes, haviam feito *Xchange - 48 Horas para Morrer* (2000). *The Snake King* nasceu com a proposta de ser lançado em DVD e *home video* e de ser vendido para as emissoras de televisão. O roteiro apontava que o pano de fundo da história seria o fato de um grupo de arqueólogos se perder na Floresta Amazônia, após um pouso forçado, e, então, ser perseguido por uma cobra gigante de sete cabeças. A todo momento, um personagem se perdia do grupo e era morto pela criatura. Antes que as filmagens começassem, o diretor Allan Goldstein disse que iríamos usar a metodologia das "três lentes e três enquadramentos", ou seja, teríamos que fazer um plano fechado, um médio e um aberto da mesma cena. Fui nomeado assistente de direção da segunda unidade, encarregada de filmar, entre outras, as cenas de perseguição e morte dos personagens. Acumulava ainda a responsabilidade de coordenação de produção de minha unidade. A todo instante, a gente deveria supor onde a cobra estaria, pois ela seria, futuramente, feita em CGI (computação gráfica). Esse tipo de trabalho foi muito interessante e, ao mesmo tempo, desafiador, pois as cenas tinham que ter bastante preparação técnica. Foi surpreendente conviver com uma cultura de produção diferente da brasileira. Bem que me alertou Plínio Garcia Sanchez, quando conversamos sobre a possibilidade de eu fazer a faculdade no exterior e não na USP.

No primeiro dia de filmagem, tínhamos como meta realizar a cena de abertura do filme, na qual dois exploradores andavam pelo mato e utilizavam facões para abrir caminho. Eles estavam acompanhados de um burro, que pressentiu uma coisa estranha no ar: o primeiro sinal de que alguma criatura iria aparecer. Às quatro horas da tarde, não conseguimos dar andamento à filmagem, pois ela estava sendo realizada dentro da mata e a falta de luz àquela hora comprometia a qualidade das imagens. O diretor Quen Kim e eu decidimos continuar no dia seguinte e optei, então, por assistir às gravações da primeira unidade, pois no terceiro dia de filmagem eu teria que fazer a seqüência de uma cena que, no momento, estava sendo gravada pelo Allan. Quando me aproximei dele, o diretor falou rispidamente, olhando para o relógio: *O que você está fazendo aqui?* Expliquei o motivo de minha visita e Allan encostou o dedo no meu nariz: *Não acabe nunca as filmagens antes do horário. Você ainda tem uma hora e meia para filmar. Por que você não antecipou as filmagens da cena do riacho? Os atores e o figurino são os mesmos, e, além disso, naquele local você não teria problemas com luz, pois o dia ainda está claro*. Disse, com muita honestidade, que não tinha pensado nessa hipótese e ele disparou: *Ricardo, você está aqui para pensar. Eu quero que você filme. E se terminar de fazer todas as cenas, você deve inventar outras! Registre as paisagens, grave o detalhe de uma aranha, filme como se a câmera estivesse perseguindo um dos personagens. Invente alguma coisa, só não fique parado! O que você filmar, eu vou montar.* Para finalizar, ele disse algumas frases, que depois me fizeram refletir: *Não se preocupe com a continuidade. No meu filme isso não existe, ele precisa ser emocionante e isso basta.* A partir desse momento, usei a minha criatividade e passei a inventar bastante. Filmava detalhes, riachos, nuvens, natureza e, muitos, muitos animais.

Capítulo VI

Roteirista

O roteirista tem a função de transformar um texto literário, o chamado argumento, numa outra história com linguagem e estrutura cinematográfica, respeitando sempre a trama apresentada, os diálogos já pontuados e os personagens construídos. Ele é o primeiro autor do filme, pois é o responsável por criar um guia, um plano de orientação para que o diretor transporte os elementos para a tela, dando movimento às cenas esboçadas no papel. Creditar a autoria do filme ao diretor é um ponto muito falacioso, já que, na maioria das vezes, ele é o autor apenas das imagens e não do conteúdo escrito, transformando-se no engenheiro responsável pela construção de uma casa, cujo projeto é o roteiro.

Para estruturar um guia, adoto algumas técnicas muito particulares. A primeira é a de sempre ler livros dos mais variados gêneros, desde comédia até drama, passando por romance.

Sou um leitor compulsivo e acredito que a leitura é fundamental para a busca de temas que interessem tanto ao roteirista quanto ao público. Caso você parta da estaca zero e tenha que iniciar um roteiro, elabore primeiramente uma sinopse, espécie de resumo destacando os principais pontos da trama, depois crie o argumento, apresentando uma história mais detalhada e, por fim, elabore o roteiro com começo, apresentando os personagens e conflitos, que serão, aos poucos, desenvolvidos; meio, enriquecendo a participação de certos atores; e fim, esclarecendo algumas ou todas as dúvidas dos espectadores. É lógico que a ordem desses elementos pode ser embaralhada, mas eles precisam existir e estar no roteiro. Lembre-se: todas as cenas devem ter informação ou emoção, caso contrário não servem para o filme, não farão avançar a ação. Ação é conflito.

Rio de Janeiro/RJ

A minha primeira experiência como roteirista de longa-metragem foi em 1989, no filme *Os Trapalhões na Terra dos Monstros*, no qual fui contratado para ser diretor-assistente de Flávio Migliaccio. Notando que o roteiro ainda não estava sólido, comecei a dar opiniões e sugestões ao produtor Cacá Diniz, que percebeu meu potencial e perguntou se eu não queria colocar tudo no papel.

Abracei a oportunidade e, rapidamente, comecei a pensar no roteiro, juntamente com Luiz Henrique Fonseca. Renato Aragão nos forneceu um argumento, desenvolvido por ele e por outros dois roteiristas, Paulo Andrade e Mauro Wilson, e nós iniciamos a estruturação do roteiro, criando a escaleta com indicação do começo, meio e fim da história, pois o texto que nos deram trazia as cenas de uma forma muito seca, sem informações e emoção. Renato queria que Angélica e Gugu participassem do projeto, por isso apresentei a idéia de um concurso, promovido pelo apresentador Gugu, no qual Angélica teria direito a realizar seu *sonho maluco*: gravar um clipe na Pedra da Gávea com o grupo Dominó, que na época fazia muito sucesso.

Durante a filmagem do clipe, os artistas sumiam, perdendo-se no interior da Pedra da Gávea, local habitado por monstros. Os Trapalhões entrariam em cena e seriam os responsáveis pelo resgate do grupo. Quando terminei de colocar as minhas idéias no papel, fui ao encontro do Renato Aragão para mostrar o projeto e suas palavras me surpreenderam: *Não, Ricardo, não podemos filmar esse roteiro. Ele está muito grosso*. Fiquei espantado, um pouco tenso, e logo questionei: *Grosso? Como assim grosso?* Renato colocou o dedo indicador em paralelo com o polegar e disse: *Ricardo, ele precisa ser mais fino, precisa ser desse tamanho para ser rodado em sete semanas, senão fica fora do meu orçamento*. Fiquei frustrado, mas concordei com ele.

Mais tarde, contei com a colaboração de Cacá Diniz e de Luiz Henrique Fonseca e iniciamos a reestruturação do roteiro. A nova versão tinha que ser feita em quatro dias, pois em menos de seis meses o filme estaria nos cinemas. Precisávamos correr contra o tempo e não contávamos com computadores, apenas máquinas de escrever. Cortamos algumas cenas do roteiro, reescrevemos alguns trechos e colamos o material em novas folhas que eram entregues para as três datilógrafas, posicionadas atrás de nós e responsáveis pela digitação do novo texto, o que facilitou o processo.

Quando acabamos, encontrei novamente o Renato, que leu o roteiro e aprovou os cortes e as reduções que fizemos. O diretor do filme, Flávio Migliaccio, queria que suas idéias entrassem no texto, mas Renato disse a ele que a versão do roteiro a ser filmada já estava aprovada. Esse tipo de experiência não é muito comum no cinema brasileiro. Na maioria das vezes, o roteirista não consegue que um produtor adquira os textos.

Como produtor, sempre leio as histórias que me são enviadas, desde que seus autores as registrem na Fundação da Biblioteca Nacional. Assim, evitamos futuras reclamações, caso os textos não sejam aproveitados. Após frustrantes experiências que tive no início da carreira, tentando vender roteiros a outros profissionais, nunca mais ofereci meus textos a terceiros, talvez por falta de perspectiva ou talvez, inconscientemente, por ter ciúme de minha criação. Acho que preciso rever essa minha atitude.

Um roteirista sempre tem que ter mais de um projeto na gaveta. Não se pode ter a obsessão por uma única idéia, um único tema. É preciso aproveitar os momentos e deixar as idéias germinarem, é preciso ouvir opiniões e agregá-las ao projeto, tornando-o rico e interessante. Essa é a chave para o sucesso de uma produção. Em *Sua Excelência, o Candidato* e *Querido Estranho* pude aperfeiçoar essa técnica.

Capítulo VII
Produtor-executivo

Como diretor-assistente, Ricardo foi companheiro, competente e muito divertido. Tanto que depois resolvi chamá-lo para ser o produtor-executivo do Viva-voz.

Paulo Morelli
cineasta

A produção executiva é um dos trabalhos mais fascinantes no mundo do cinema, fundamental para que o filme tenha uma boa gestão administrativa e financeira. Numa etapa inicial, o produtor-executivo prepara o orçamento do filme, exercendo as funções do assistente de diretor até que um seja contratado. Para tal, é necessário que ele faça uma leitura técnica do roteiro, identificando o provável elenco que fará parte do filme, sinalizando as possíveis locações e mencionando outros elementos que terão de ser providenciados pela produção. Ser um bom analista de roteiro é fundamental para ser um bom orçamentista e, conseqüentemente, um bom produtor-executivo.

Num próximo passo, dependendo ou não da necessidade, ele pode enquadrar o projeto nas leis de incentivo e até mesmo inscrevê-lo em alguns concursos e editais. Se o roteiro sofrer alguma modificação, será necessária uma nova análise técnica.

Numa etapa seguinte, ele participa da escolha definitiva dos equipamentos, filmes, locações, câmeras, atores e integrantes que irão compor a equipe. Cercar-se dos melhores e mais disponíveis profissionais que o seu dinheiro pode pagar é essencial para que o projeto tenha um ótimo desenrolar. Durante a execução do filme, o produtor-executivo coordena todos os gastos a serem feitos com as filmagens, equipamentos e outros elementos de produção.

Na fase de finalização, é encarregado de orçar e contratar profissionais capazes de fazer a edição de som e imagem, a trucagem e os letreiros, entre outras tarefas. Por fim, há uma etapa comercial na qual se escolhe onde será o lançamento do filme, com quantas cópias ele chegará aos cinemas, qual estratégia de *marketing* será utilizada e em quais veículos e com qual freqüência serão feito anúncios.

Rio de Janeiro/RJ

Em *Uma Escola Atrapalhada*, pude, nos anos de 1989 e 1990, exercer essas funções a convite da produtora Márcia Bourg, participando pela segunda vez de uma produção do Didi, Dedé, Mussum e Zacarias. Diferente do que aconteceu em *Os Trapalhões na Terra dos Monstros*, quando fui diretor-assistente e roteirista, nesse filme eu seria o produtor-executivo, por decisão de Márcia e dos outros produtores, Paulo Aragão Neto e Denise Aragão. Na época, já almejava dirigir o meu primeiro filme, cujo projeto se chamava *Sua Excelência, o Candidato*, e sabia que precisava ser produtor-executivo de alguma produção a fim de aprimorar os meus conhecimentos e poder exercer essa função futuramente.

No dia 2 de novembro de 1989, em pleno Dia de Finados, reuni-me com Renato Aragão e seu filho, Paulo Aragão Neto. Eles me informaram que a nova produção teria, como foco, os adolescentes e que os Trapalhões, pela primeira vez, não seriam os protagonistas. Por fim, entregaram-me duas páginas de sinopse, alertaram que no elenco deveriam estar a Angélica, o Grupo Polegar e o Gugu, e confirmaram que o filme seria lançado em 16 de junho de 1990. Ou seja, o projeto tinha 32 semanas para ser produzido, filmado, finalizado com som *Dolby Stereo* e exibido nas telas de cinema. A primeira iniciativa foi a contratação de um roteirista, Luiz Carlos Góes, que montou uma boa história, na qual os alunos de um colégio tentam lutar contra uma imobiliária que quer construir um supermercado no local da escola. A segunda foi a escolha do diretor. Optamos pelo nome de Del Rangel.

O passo seguinte seria fechar o elenco. Logo no início, enfrentei uma grande dificuldade: a contratação da Angélica. Na época, ela já fazia um grande sucesso e realizava muitos shows musicais, que lhes rendiam bastante dinheiro. Conversei com os pais dela, pois Angélica tinha apenas 16 anos e ainda não tomava as próprias decisões. Por algum tempo, eles ficaram indecisos, pois o valor que a gente oferecia por um mês de trabalho era o equivalente ao que ela recebia por aproximadamente um dos seis shows que fazia por fim-de-semana. A diferença era muito grande, mas Angélica queria fazer o filme e os pais concordaram, já que ela teria uma boa exposição com o lançamento do longa.

Situação semelhante passei com a atriz Maria Mariana, que posteriormente se consagrou com o enorme sucesso da peça de teatro e do seriado *Confissões de adolescente*, exibido inicialmente pela TV Cultura, em 1994. Maria foi ao nosso escritório acompanhada de seu pai, o cineasta Domingos de Oliveira. Ele considerou aviltante a quantia orçada para os jovens atores, determinando que ela não iria compor o elenco, e assim não conseguimos negociar. Certo de que essa decisão seria definitiva, comecei a procurar outras atrizes, quando, dias depois, o telefone tocou: *Ricardo, o valor que você está oferecendo não é o que esperávamos, mas a Maria acha muito importante participar desse longa e decidi acatar a decisão dela*. Eu disse que tinha ficado contente com a notícia, e confirmei: *Domingos, essa é a quantia que realmente podemos pagar*.

Um produtor-executivo sempre enfrentará dificuldades ao contratar o elenco, principalmente quando está organizando um filme realizado por um grande produtor, no caso o Renato Aragão. Os atores pensam que vão ganhar bastante, mas não é bem assim. O orçamento do filme *Uma Escola Atrapalhada* estava bem estreito e não dava para pagar mais. Oferecer grandes salários estava fora da realidade do projeto, que foi enfrentando, ao longo do processo, vários obstáculos, alguns mais árduos do que os outros. O pior momento vivido nessa produção foi quando a então ministra da economia, Zélia Cardoso de Mello, surpreendeu o país ao anunciar o confisco monetário: as cadernetas de poupança, contas-correntes e outras aplicações financeiras só poderiam ter saldo de 50 mil cruzados novos e o excedente seria bloqueado pelo prazo de 18 meses. Com isso, tivemos que, infelizmente, atrasar os salários de parte da equipe, que esperou algum tempo para recebê-los.

Uma Escola Atrapalhada foi visto por aproximadamente 3,5 milhões de espectadores. Numa avaliação de Renato Aragão, o resultado não foi muito bom, pois em vários filmes anteriores dos Trapalhões esse número chegou a cinco milhões. Ao participar dessa produção, desenvolvi uma teoria, que seria utilizada em outras - a *teoria do desastre*: o bom produtor-executivo é aquele que tem um olhar catastrófico, que pensa negativamente e sempre tem um plano B à disposição. Se ele age dessa forma, é porque está pronto para a adversidade e enfrentará, sem grandes seqüelas, as dificuldades que surgem durante a realização de um projeto. Nunca acredite que uma cena será filmada corretamente, sempre duvide e pense que ela terá obstáculos e que tudo dará errado.

Rio de Janeiro/RJ, Vassouras/RJ, Niterói/RJ, Arroio Grande/RS, Pelotas/RS, Liverpool/Inglaterra

Anos mais tarde, o produtor Joaquim Vaz de Carvalho acatou um antigo desejo do empresariado carioca, que, já há algum tempo, pedia que ele fizesse um filme sobre Mauá, homem que ajudou a modernizar o Brasil, construindo estradas de ferro, entre outras tantas benfeitorias. Joaquim não teve muita dificuldade para captar recursos para o projeto e, em pouco tempo, conseguiu arrecadar a quantia de R$ 6 milhões, o que era um bom dinheiro na época. Para dirigir a futura cinebiografia, ele convidou Sérgio Rezende, que estava tendo destaque no cinema brasileiro, principalmente, devido ao sucesso de *O Homem da Capa Preta*, *Lamarca* e *Guerra de Canudos*. O diretor sugeriu que Joaquim me contratasse para a função de produtor-executivo e ele, imediatamente, aceitou. Comecei, em 1997, a exercer uma função diferente dentro de um filme dirigido pelo Sérgio, já que nos anteriores, eu havia sido assistente de direção e diretor-assistente. *Mauá, o Imperador e o Rei* foi planejado muito tempo antes do início das filmagens e visitamos locações no Rio de Janeiro e em Arroio Grande, no Estado do Rio Grande do Sul, bem como viajamos para Liverpool, na Inglaterra. Rodamos as primeiras cenas no Rio Grande do Sul e depois, quando a equipe foi para a Inglaterra, Joaquim preferiu ficar e pediu que eu viajasse até lá, com o objetivo de acompanhar as filmagens e de reportar a ele se elas estavam no ritmo adequado.

Durante três semanas, surpreendi-me com o profissionalismo dos ingleses. No Brasil, conseguíamos filmar duas páginas e meia de roteiro por dia. Já na Inglaterra, contamos com uma equipe mista, composta por brasileiros e europeus, e esse número dobrou. Os profissionais ingleses mostraram-se muito disciplinados e eficientes.

Nesse momento, os cenários brasileiros estavam sendo concluídos e quando voltamos, iniciamos, rapidamente, a filmagem. Nosso ritmo andava bem, mas as dificuldades de se utilizar locações reais para realizar um filme de época gerou um enorme trabalho para a equipe de arte. Apesar dos esforços e empenho, as obras atrasaram e nossa produtividade caiu: filmávamos apenas 70% das cenas que deveriam ser rodadas no

Em Liverpool, escolhendo locações para Mauá

Cenas de Mauá, com Othon Bastos e Jorge Neves

Cenas de Mauá: *Paulo Betti e Malú Mader (acima) e Rogério Fróes, Paulo Betti, Roberto Bontempo e Cláudio Correa e Castro*

dia. Fiz uma projeção e conclui que tínhamos R$ 1 milhão no banco, dinheiro suficiente apenas para a conclusão e lançamento do filme. Com o ritmo que estávamos, ia faltar dinheiro para a finalização e comercialização de *Mauá, o Imperador e o Rei*.

Como não havia possibilidade de Joaquim obter mais recursos, pois ele já havia captado o teto permitido pelas leis de incentivo, sugeri que, por algum tempo, parássemos a produção para que a equipe de arte fosse reestruturada. Durante esse tempo, o diretor poderia iniciar o processo de montagem e se certificar da boa qualidade do material, bem como teria a oportunidade de retrabalhar o roteiro, possibilitando a exclusão de algumas cenas que se mostrassem desnecessárias, o que acarretaria diminuição de custos. Sérgio e a maioria dos profissionais envolvidos não gostaram da minha sugestão: o diretor porque não queria truncar o processo criativo, e os profissionais porque suspeitavam que iriam perder o emprego, o que não era a intenção. Prevaleceu a decisão de Joaquim, que acolheu a minha sugestão. Conversei com o elenco, um a um, e os atores concordaram em continuar as filmagens nos próximos meses. Desliguei-me do projeto no momento da parada, pois meu cargo era oneroso para a produção. As filmagens voltaram a acontecer e Joaquim assumiu a produção executiva.

São Paulo/SP, Cotia/SP

Algum tempo depois, quando eu já estava achando que talvez não exercesse mais a função de produtor-executivo, Paulo Morelli, de quem eu havia sido diretor-assistente em *O Preço da Paz*, convidou-me, no ano de 2001, para participar de um novo projeto, chamado *Viva-voz*, uma comédia de costumes, na qual, por acidente, um homem faz uma ligação do celular para a esposa e essa acaba descobrindo que ele tem uma amante. A história bem divertida e o elenco formado por Dan Stulbach, Vivianne Pasmanter, Betty Gofman e Paulo Gorgulho eram a garantia de um filme leve e contemporâneo.

Uma das grandes dificuldades dessa produção foi a utilização de veículos em cena, pois o roteiro apontava que cerca de 60% da história seria passada dentro de carros. Essa estrutura exigiu um grande planejamento, pois os atores precisavam se concentrar nas filmagens e não poderiam estar dirigindo. Optamos pelo uso de reboques, o que daria uma grande tranqüilidade ao elenco, que teria apenas de pensar em interpretar. Para filmar de vários ângulos, tivemos que repetir as cenas algumas vezes: o carro saía com uma câmera instalada, percorria um trajeto e depois voltava ao estacionamento dos estúdios da O2 Filmes., onde mudávamos a câmera de enquadramento. Apesar dessa estrutura montada, que aparentemente pode até impressionar, o orçamento estava muito estreito e tivemos que otimizar tempo e dinheiro.

Para a montagem, Paulo Morelli utilizou técnicas mais sofisticadas do que as previstas inicialmente, usando e abusando da trucagem, dividindo, em alguns momentos, a tela ao meio para mostrar dois pontos de vista de uma mesma cena. Ficou excelente e rendeu 87 minutos de filme.

Ter participado em outros filmes como assistente de direção foi fundamental para eu ser um

eficiente produtor-executivo em *Uma Escola Atrapalhada*, *Mauá, o Imperador e o Rei* e *Viva-voz* e para arriscar a sê-lo em meus filmes *Sua Excelência, o Candidato* e *Querido Estranho*. Como assistente de direção, aprendi a fazer uma análise técnica completa para o bom andamento do filme. As funções de assistente de direção e produtor-executivo estão integralmente relacionadas, pois o natural é que um assistente de direção vire diretor-assistente e, conseqüentemente, produtor-executivo. Essa é uma evolução correta! A assistência de direção não deve ser vista como um trampolim para quem quer ser diretor. Até porque a direção pode ser feita por qualquer profissional que tenha sensibilidade, talento e senso de ritmo para liderar a equipe e realizar o projeto.

Cenas de Viva-voz, com Graziella Moretto, Dan Stulbach, Betty Goffman, Viviane Pasmanter e elenco

Capítulo VIII

Diretor de Produção

O diretor de produção é um profissional subordinado ao produtor-executivo, sendo o responsável por orientar e dar suporte às equipes, por exemplo, de arte, fotografia e cenografia, para que os materiais e elementos apontados pela análise técnica sejam providenciados por elas. Se fosse resumir sua função numa palavra, diria que ele é o *gerente*, o gerente que tem que garantir ao diretor que todos os recursos humanos, artísticos e físicos estejam no *set* de filmagem, embora a conferência deles fique por conta do assistente de direção. O produtor-executivo fiscaliza o trabalho do diretor de produção, conferindo se ele está executando as tarefas dentro do custo e do prazo previstos. Durante as filmagens, o diretor de produção é responsável por estruturar o *set* e decidir onde será, por exemplo, o camarim, os banheiros e o local de maquiagem. Em determinados momentos, ele pode assumir algumas funções atribuídas ao produtor-executivo.

Rio de Janeiro/RJ

Até agora, trabalhei como diretor de produção em apenas um longa-metragem, no ano de 2000, quando, por indicação de Paulo Morelli, fui participar de *Um Crime Nobre*, a ser dirigido por Walter Lima Jr. A O2 Filmes, da qual Paulo é sócio, estava participando do projeto, juntamente com a Total Filmes, e precisava de um diretor de produção que acompanhasse o andamento dele, informando os resultados. Em um determinado momento, a O2 se desligou da produção por acreditar que a Total poderia executá-lo sem a ajuda deles, até porque a produtora italiana *Mediatrade* também estava envolvida. Acreditei que, com a saída da O2, estaria também me desligando do projeto, mas Walkiria Barbosa e Iafa Britz, sócias da Total, solicitaram minha permanência no projeto. Aos poucos, comecei a ter muitas tarefas que não estavam programadas, mas que até faziam parte das funções de diretor de produção, pois se elas não fossem realizadas, provavelmente, as filmagens não aconteceriam.

A Columbia TriStar International Television estava participando da produção e exigia que as regras contidas em seu manual fossem seguidas. Elas estavam escritas em inglês e fui encarregado de estudá-las e colocá-las em prática, como, por exemplo, o envio de relatórios para informar o andamento da filmagem. Logo após o primeiro intervalo, eu, rapidamente, fazia um primeiro documento, que era encaminhado para eles por fax. Quando o dia de trabalho terminava, elaborava um novo relatório e enviava até às seis horas da manhã do dia seguinte. Semanalmente remetia pelo correio todos os documentos, contendo as atividades que tinham sido realizadas durante a semana. Naquela época, não havia um recurso que hoje é muito utilizado: o mecanismo de envio de *e-mails* com extensão PDF, o que facilitaria o meu trabalho.

Gostei muito de ter participado desse projeto, pois foi muito interessante compreender o funcionamento de uma organização do porte da Columbia e entender o quanto é importante o diretor de produção estar em sincronia com as empresas que participam do projeto. Se isso não ocorre, a qualidade e produtividade do filme ficam prejudicadas.

A produtora italiana *Mediatrade* foi a responsável pela contratação da atriz Ornella Muti, uma diva do cinema que atuou em *Crônica do Amor Louco* (1981), de Marco Ferreri. *Um Crime Nobre*, um filme feito somente para a televisão, que tem como tema central a adoção de crianças, conta também com os atores brasileiros Reginaldo Faria, Alessandra Negrini, Cláudio Marzo e Chico Diaz, entre outros.

Capítulo IX

Sua Excelência, o Candidato

O homem é um obstinado. Em plena vazante do apocalipse cultural e cinematográfico que assolou o país no período Collor, Ricardo realiza uma produção de primeiro mundo. Ele não mediu esforços para fazer um filme popular e de gabarito. Nunca vi o ânimo de uma pessoa subir a picos tão exacerbados quanto o de Ricardo à frente de uma figuração de trezentas pessoas.

Carlos Reichenbach
cineasta

Lembro-me de uma frase do fotógrafo Pedro Farkas dita em 1988, durante as filmagens de meu curta *Adultério*: *Ricardo, estou aqui para fazer o que você pedir. Você é quem me orienta e comanda as coisas*. As palavras pronunciadas imediatamente após eu pedir alguns conselhos e sugestões de enquadramento de câmera me marcaram bastante, foram um grande choque. Depois de trabalhar em diversos filmes como assistente de direção, ia finalmente dirigir o meu primeiro curta-metragem e não tinha percebido isso. Pedro estava certo e eu precisava assumir uma postura de diretor e guiar todos os profissionais, exigindo deles o que eu queria.

Rapidamente, mudei o comportamento e comandei o projeto, um curta rodado em 35 mm que sustentava como tema central a família e discutia uma relação incestuosa, com uma carga emocional à la Nelson Rodrigues. Consegui executar um bom trabalho talvez porque esse não tenha sido meu primeiro contato com a direção de curta-metragem. Em 1984, o então diretor do filme *Zabumba*, Hamilton Zini Jr., adoeceu e pediu que

Suzana Faini e a filha de Ricardo, Suzana, no curta Adultério, *1988*

eu comandasse o restante do filme, uma animação desenhada e escrita por Salvador Messina e Sylvio Pinheiro. Além de montar e produzir o projeto, atendi ao pedido de meu amigo e co-dirigi o curta, realizando um trabalho voluntário, mas com grande doação. Durante a produção, fiz uma parceira com a USP: investíamos no filme e ela nos dava o direito de explorá-lo comercialmente.

Já *Adultério* mostrou-se um filme mais profissional, que, embora fosse uma produção B.O., teve a presença de grandes atores, contratados com salários de mercado. É claro que alguns problemas surgiram.

Tive, por exemplo, que pedir dinheiro emprestado a minha avó Yolanda para conseguir finalizar o filme, mas o empréstimo foi rapidamente pago quando recebi um valor garantido pela então Lei de Reserva do Mercado de Curta, que adiantava dinheiro ao cineasta antes mesmo que a produção dele fosse para o circuito comercial. *Adultério* ficou em cartaz até atingir a bilheteria referente ao valor que tinham me adiantado e o dinheiro arrecadado ficou com um fundo criado pela Lei para financiar um outro projeto. O filme foi bem aceito pelo público e não gerou dívidas. Parte do sucesso credito à excelência do texto de Joana Fomm, ao ótimo elenco, formado por

Otávio Augusto, Suzana Faini e Laura Cardoso, ao montador, Alain Fresnot, ao produtor, Hamilton Zini Jr, e a Pedro Farkas, o fotógrafo que me abriu os olhos. Nesse filme, de apenas onze minutos, aprendi a dirigir e criei um método: o de orientar todos os profissionais da equipe, um a um, exigindo deles o que o filme precisa. O curta chegou a competir em Gramado, pena que não ganhamos, mas tivemos um certo reconhecimento e conquistamos os prêmios de melhor fotografia, no Festival de Guarnicê, em 1988, no Maranhão, e de melhor curta brasileiro, no Festival de Aveiro, em Portugal, onde conheci o cineasta José Fonseca e Costa e fiquei encantado com seus filmes.

São Paulo/SP

Ao dirigir, em 1990, *Sua Excelência, o Candidato*, sabia que os desafios seriam maiores e que a experiência adquirida com *Zabumba*, *Adultério* e com os filmes nos quais fui assistente de direção, diretor-assistente, roteirista e produtor-executivo seria fundamental para o bom exercício do projeto. Escolhi adaptar a peça *Sua Excelência, o Candidato*, de Marcos Caruso e Jandira Martini: um texto forte, seguro e aprovado por mais de um milhão de pessoas, que foram ao teatro no período de cinco anos. O roteiro foi realizado em 1989, a oito mãos: Jandira, Marcos, Caito

Junqueira e eu. Com intensa harmonia, escrevemos um novo texto em estrutura cinematográfica, deixando-o com muito humor e alegria, ao gosto do público cinéfilo.

Não tivemos dificuldades, pois trabalhamos com um grande sincronismo e uma imensa dedicação, propiciando que a tarefa ficasse interessante e rica: a cada cena terminada, Jandira e Marcos a apresentavam e, assim, íamos ajustando as falas e eliminando os defeitos. Rir era a nossa rotina!

Ao realizar o filme, queria estar cercado de bons e experientes profissionais. Convidei o consagrado cineasta Carlos Reichenbach para ser diretor de fotografia. Carlão já havia exercido essa função em filmes como *Doce Delírio* (1983), de Manoel Paiva, e *Elite Devassa* (1984), de Luiz Castilini, e não teve dificuldades para desenvolver um excelente trabalho. Para a direção de arte, convoquei Luiz Fernando Pereira, que já havia trabalhado comigo em *A Dama do Cine Shangai* e *O País dos Tenentes*, e provou ser um profissional de grande visão artística. A montagem ficou a cargo de Idê Lacreta e de Cristina Amaral, duas montadoras com vasta experiência, que conseguiram imprimir um bom ritmo ao filme. O som direto foi comandando por Luciano di Segni, que captou em sistema digital e o finalizou em sistema analógico.

Desenho para cartaz de Sua Excelência

O músico Jota Moraes havia realizado vários trabalhos para Renato Aragão, entre eles o filme *Uma Escola Atrapalhada*, e foi escolhido para cuidar da parte musical do longa-metragem. Com sintetizador e teclados eletrônicos, ele compôs, fez os arranjos e executou as músicas. Não tenho muito conhecimento musical e, em meus filmes, sempre tive que contar com a presença de profissionais que identificassem os espaços que poderiam ter música. Em *Sua Excelência, o Candidato*, essas funções foram muito bem executadas por Jota. Consegui também reunir um ótimo elenco, formado por profissionais que levaram muitas qualidades ao *set* de filmagem. Os personagens principais ficaram para Renato Borghi e Lucinha Lins que, ao lado de comediantes como Eurico Martins, Renato Consorte, Cláudio Mamberti, Iara Jamra, Giovanna Gold, Supla e Ken Kaneko, ensinaram-me muito e mostraram ter muita capacidade interpretativa. Para compor o elenco, não realizei testes, apenas chamei os que gostava e conhecia, pois, sempre que possível, acompanho o trabalho dos atores no cinema, teatro e televisão.

Esse método facilita o trabalho do diretor. A direção é uma regência e o diretor, um maestro, que tem de visualizar o roteiro e transformá-lo em som, imagem e movimento, sendo o responsável por dar ritmo à história, escolhendo a melhor movimentação e o mais adequado enquadramento de câmera.

Sua Excelência, o Candidato teve um longo período de preparação, assim como ocorreu, por exemplo, em *Lamarca*. O produtor Caito Junqueira auxiliou-me bastante nessa etapa. Desde o início do projeto, queríamos fazer uma comédia popular com uma ótima qualidade de som e tivemos um pouco de trabalho para encontrar a casa onde seria realizada a filmagem, pois o ambiente tinha que ter um ótimo visual artístico, mas precisava oferecer também uma boa acústica. Optamos por alugar um imóvel no bairro de Interlagos, zona sul da cidade de São Paulo. Munidos de um decibelímetro, o mixador do filme, José Luis Sasso, e eu medimos o nível de ruído de toda a casa, prevendo um pouco as dificuldades que poderíamos ter.

Estava muito preocupado em chegar ao *set* de filmagem e não conseguir dar muitas ordens ao mesmo tempo, em não conseguir orientar a todos. Queria saber com antecedência qual tipo de lente tinha que usar, onde deveria colocar as câmeras e quais movimentos elas teriam que executar. Por isso, contratei o desenhista de *storyboards* Hector Gomes Alysio, o mesmo que havia trabalhado para Guilherme de Almeida Prado em *A Dama do Cine Shangai*.

Cenas de Sua Excelência: *Ken Kaneko (acima, ao centro) e Renato Consorte, Renato Borghi e Eurico Martins*

Com Caito Junqueira e Carlos Reichenbach, na preparação de Sua Excelência

O ator Eurico Martins fez uma grande gentileza e foi, várias vezes, até a casa alugada para posar como modelo vivo, interpretando a si mesmo e aos outros personagens e garantindo que o Hector tivesse fortes definições em seus magníficos traços. Além de utilizar um *storyboard*, realizei leituras coletivas com os atores a fim de que eles incorporassem os personagens antes da filmagem. O único que não pôde participar foi Renato Borghi, pois quando ele completou o elenco, nós havíamos acabado esse trabalho e já estávamos filmando há quase uma semana. Com um inegável talento, Renato não nos prejudicou.

Recordo-me, com saudades, de um momento do filme em que ele participou. A campainha tocou e Orlando, interpretado pelo Renato Borghi, não podia atendê-la, já que estava com a amante na sala. Decidiu, então, chamar o mordomo Eurípedes, vivido por Eurico Martins, mas bateu, bateu à porta do quarto dele e não obteve uma resposta, pois o criado estava se preparando, às escondidas, para um show de travestis que faria naquela noite. Diante de duas negativas (a de não poder abrir a porta e a de não falar com o mordomo), Orlando se desequilibrou e caiu de costas, girando sobre uma grade da varanda. A realização dessa cena foi um pouco complicada, pois o ator temia

Cenas de Sua Excelência, com Eurico Martins (acima),
Renato Consorte e Lucinha Lins

executá-la, alegando falta de coragem, embora tivesse um colchão fora de quadro para amortecer a queda. Rapidamente, lembrei que somente quebraria essa resistência dele se mostrasse ao ator que qualquer um poderia fazer aquela cena: joguei-me de costas sobre o colchão, encorajando-o a realizar a façanha. Logo na seqüência, Renato fez a cena. Confesso que também estava com medo, mas não tive alternativa.

A montagem do longa-metragem resultou numa fita de 103 minutos. Achei que a duração estava muito grande, pois 95 minutos é um tempo adequado para prender a atenção do público. As pessoas dedicam um período muito curto para ir ao cinema, dessa forma, com exceção dos temas épicos e de certas produções, os filmes não podem ser longos. Prova disso é que o mestre Quentin Tarantino dividiu o *Kill Bill* em duas partes, *Kill Bill vol. 1* (2003) e *Kill Bill vol. 2* (2004), pois sabia que as pessoas não iriam assistir a um longa com mais de três horas de duração. Acabei cortando 18 minutos de *Sua Excelência, o Candidato* e cheguei à triste conclusão de que o filme poderia ter custado mais barato.

O longa-metragem foi lançado em 21 de novembro de 1992, graças ao apoio da recém-inaugurada Riofilme, a distribuidora da Prefeitura Municipal do Rio de Janeiro. O filme chegou aos cinemas com 30 cópias, o que foi um bom número, já que, naquela época, os projetos dos Trapalhões contavam com 80. *Sua Excelência, o Candidato* teve a sua recepção prejudicada, pois chegou às telas justamente no momento em que o então presidente Collor sofria o processo de *impeachment*. O filme tratava justamente do mundo da política, mostrando a desonestidade e as safadezas de alguns representantes da sociedade, mas o público não quis se divertir vendo um longa-metragem que mostrava uma das verdades mais tristes da época. Rir ou Chorar?

Sua Excelência, o Candidato levou aproximadamente 80 mil espectadores ao cinema, mas o número, embora expressivo para a época, não foi suficiente para eu pagar as dívidas acumuladas em torno de R$ 200 mil e originadas, entre outros aspectos, por um mau desempenho meu como produtor-executivo. Estava filmando o meu primeiro longa-metragem e queria fazer um bom trabalho, por isso deixei que o meu lado diretor e criativo prevalecesse sobre o lado produtor-executivo e administrativo. Sem poder me concentrar sobre o controle administrativo e financeiro, deixei que o projeto ficasse caro demais. Faltou-me a existência de um poder moderador para conter os desejos do diretor face à nossa disponibilidade financeira e para manter o equilíbrio artístico e

Cenas com Eurico Martins (acima), Cláudio Mamberti, Renato Borghi e Eurico

Cena com Renato Borghi e Cláudio Mamberti (acima) e durante filmagem, com Carlos Reichenbach

comercial do projeto. *Sua Excelência, o Candidato* ganhou, em 1991, os prêmios de melhor ator coadjuvante (Eurico Martins), montagem e som do 24º Festival de Brasília e recebeu os troféus de melhor ator coadjuvante (Renato Consorte) e melhor diretor no 5º Festival de Natal. Entretanto, outros prêmios ainda viriam.

O longa-metragem atravessou as fronteiras e participou de mostras internacionais, em Portugal, Estados Unidos e Itália, onde levou o Prêmio Riconoscimento Cittá di Trieste, do VI Festival de Trieste.

Lucinha Lins em Sua Excelência

Mas as dívidas deixaram-me um pouco desiludido com o cinema e, durante algum tempo, dediquei-me apenas a trabalhos publicitários e institucionais. Nesse momento, fui acolhido por Antônio Carlos Coutinho Nogueira, meu amigo e ex-colega do Colégio Santa Cruz, que me ofereceu valiosas oportunidades junto a EPTV, empresa de televisão que ele dirigia em Campinas, cidade do Estado de São Paulo. Somente no ano de 1993 é que retornei ao cinema, participando de um filme que seria um dos primeiros da Retomada do cinema brasileiro: fui diretor-assistente de *Lamarca*, de Sérgio Rezende.

Levando o filme ao Festival de Trieste

ZABUMBA CINEMA E VÍDEO LTDA.

FOLHA DE CONTINUIDADE

PRODUÇÃO				LUZ				SEQ.	CHAPA
O CANDIDATO				INT.	EXT.	DIA	NOI.	3	617
ambiente Avião								PLANO 7	
data 04-10-90	dia produção	tempo prod.	horas 5,55		câmera			SOM R. 10	MUDO
objetiva 25	altura	distância	diafragma 2,5		filtro			chassis R. 237	
tomada	copiar	metragem	minutagem	observações					
①	S		37,44	A 3 tom. não esta bôa para o som					
2	S		37,07	Zumbido Fraco nos 2 takes					
3			34,94						

AÇÃO E DIÁLOGO

Atos D/C Orlando E/C ,sai do banheiro Celina e a Menina,elas passam por eles
Atos entrega santinho pra Menina,Elas vem sentam-se D/C ,Orlando entra no
banheiro,sai da cabine,Aeromoça,ela pega a bandeja das mãos de Atos e sai
D/C,entra em Q. Outra Aeromoça e fecha a cabine e sai de Q. D/C

Folha de continuidade do filme

Capítulo X

Querido Estranho

Rio de Janeiro/RJ

Depois de dirigir o primeiro filme, *Sua Excelência, o Candidato*, iniciei um movimento de busca constante para encontrar um tema que me agradasse, mas que ao mesmo tempo encantasse o público. Antes de iniciar qualquer projeto, sempre penso no espectador e no que ele gostaria de ver na telona. Tento entrar no inconsciente coletivo e rastrear assuntos que causem emoção, por isso, faço, com grande freqüência, leitura de jornais, revistas e livros. Certa vez, encontrei, numa revista, a sinopse da peça *Intensa Magia*, de autoria da excelente escritora Maria Adelaide Amaral. As poucas linhas do texto informavam que se tratava de uma comédia dramática com o objetivo de investigar o mundo familiar, refletindo sobre as diferenças existentes entre a relação pai-filho, mãe-filha. Essas questões sempre me marcaram.

Reuni, ao longo dos anos, perdas e ganhos, momentos felizes e tristes, frustrações ao lado de conquistas. Moldei-me um adulto, pai de família, provedor, marido. Muitas vezes estive longe de meus amigos e familiares, buscando trabalho e meios de sobrevivência. Dediquei *Querido Estranho* a minha mãe Lucila: a primeira a ter acreditado que o projeto seria importante para as famílias brasileiras.

Intensa Magia era um sucesso no teatro e o ótimo elenco da peça, formado por Mauro Mendonça e Rosamaria Murtinho, contagiava o público. Nessa época, nasceu meu segundo filho, Pedro, e nos mudamos para o Rio de Janeiro. Não consegui assistir ao espetáculo. Andando pelas calçadas do bairro carioca de Ipanema, esbarrei-me numa livraria e decidi entrar. Lá, encontrei a peça de Maria Adelaide Amaral publicada num livro e, rapidamente, comprei um exemplar, devorando-o em pouco tempo. Percebi que o texto continha muita carga emocional e que ele era forte e envolvente, trazendo personagens sólidos e de características marcantes. Decidi que esse conteúdo daria uma ótima adaptação para o cinema.

A autora me deu plena liberdade de criação e utilizei o mesmo método adotado para construir o roteiro de *Sua Excelência, o Candidato*. Durante o processo, José Carvalho e eu sempre trocávamos informações e idéias a todo instante, tornando a tarefa muito produtiva.

Mantivemos as características e os costumes dos personagens, transportando-os para o cinema.

Trabalhar com um texto escrito para o teatro facilita o trabalho, pois os personagens já têm vida, sentimentos e estilos próprios. Quando escolhi adaptar a peça *Intensa Magia*, o primeiro trabalho teatral de Maria Adelaide que chegaria aos cinemas, queria levar ao público um texto onde a emoção e os sentimentos fossem a tônica. Percebi que inúmeros dramaturgos têm esta aguda percepção e comunicabilidade com a platéia e, partindo de um texto já montado e experimentado nos teatros, achava que a transposição para as telas levaria ao espectador de cinema os mesmos sentimentos.

Com a filha Suzana, o filho Pedro e o pai na Urca em 1991

Após montarmos o roteiro, exerci a função de produtor-executivo e iniciei a captação de recursos, que rendeu cerca de R$ 1,5 milhão. Depois de ter tido uma boa experiência em produção nos filmes *Uma Escola Atrapalhada*, *Mauá, o Imperador e o Rei*, *O Cangaceiro* e *Um Crime Nobre*, já conhecia os caminhos para levantar fundos e para não repetir a triste experiência que tive em *Sua Excelência, o Candidato*. Recorri à iniciativa privada para mostrar que ela poderia investir no projeto uma parte do dinheiro que seria gasto com o Imposto de Renda. A American Express foi a primeira empresa a apoiar, agregando credibilidade, graças à confiança depositada pelo então presidente Hélio Lima e sua equipe de *marketing* e finanças. Logo depois, o Banco Votorantim aderiu, com a prestimosa acolhida de seus executivos João Batista e Renata Pereira. Após visitar cerca de 250 empresas privadas e públicas e de sofrer três derrotas nos editais do BNDES (Banco Nacional de Desenvolvimento Econômico e Social), recebi uma verba dele para o projeto. No entanto, a captação somente chegou ao fim com mais um investimento do Banco Votorantim. Ao todo, levei quatro anos para realizar essa etapa. Não é à toa que muitos cineastas desistem no meio do caminho.

Num primeiro momento, o filme se chamou *Intensa Magia*, depois procurei um título que estivesse mais relacionado ao drama e rebatizei o projeto de *Queridos Estranhos*. Por fim, decidi que ele se chamaria *Querido Estranho*, pois o longa estava centralizado num único personagem: o patriarca da família. O filme parte da amargura para descobrir a ternura. A família se reúne ao redor de uma mesa e, pouco a pouco, os filhos e a mulher têm coragem e ousadia para cobrar os estragos que a ausência de afeto lhes causou durante anos. O humor sarcástico do patriarca, agravado pelo alcoolismo, aponta questões e, ao mesmo tempo, demonstra que temos que recuperar o amor antes que ele acabe. Todas as famílias se igualam na infelicidade, mas é dever de cada um resgatar o prazer da convivência em seus lares.

A composição do elenco foi muito difícil, pois o roteiro exigia a presença de uma verdadeira família, uma família que tivesse anos de convivência para viver os desgastes apontados pela história. Para interpretar o patriarca, queria chamar um homem de grande expressão artística e, durante algum tempo, refleti sobre a possibilidade de contratar Mauro Mendonça, que fazia a peça *Intensa Magia* e já havia incorporado o personagem. Ele tinha muitos compromissos em 2002, ano das filmagens, e a contratação acabou não sendo possível. Ouvindo conselhos da Maria

Adelaide, optei por convidar Daniel Filho, um excelente ator que voltou a atuar como protagonista depois de 16 anos. O último filme havia sido *Romance da Empregada* (1998), de Bruno Barreto, com o qual ganhou o prêmio Air France de melhor ator em 1997. O primeiro encontro que tive com ele deu-se no Projac, na TV Globo, e foi muito interessante. Eu estava muito tímido, pois ficar frente a frente com um grande ídolo não é nada fácil. Ele rapidamente veio ao meu encontro e disparou: *Você terá em mim um intérprete, um ator, mas, se, em algum momento, precisar de qualquer conselho como produtor, roteirista e cineasta, estarei à sua disposição*. As palavras de Daniel deixaram-me mais tranqüilo e, a partir desse momento, iniciamos uma grande parceria, em que dois diretores conversam intensamente sobre cinema e técnicas de filmagem. A convite do Daniel, passei a freqüentar o camarim dele, que foi dividido ao meio, acomodando-nos com muito conforto. Em conversas, percebi o quanto ele ama o cinema e o quanto o cinema é importante para ele.

Algumas cenas de *Querido Estranho* me emocionam muito. O confronto entre a filha Teresa, vivida por Ana Beatriz Nogueira, e a mãe Roma, interpretada por Suely Franco, mostrou-se muito difícil de ser filmado. Essa foi a última cena re-

Apresentando o projeto a Daniel Filho e Ana Beatriz Nogueira, Mário Schoemberger e Cláudia Netto em cena (abaixo)

alizada, pois o cenário não ficou pronto no dia em que tínhamos que filmá-la. Ana estava muito nervosa, queixava-se de dores no pescoço e estava muito aborrecida comigo, pois chegamos a discutir alguns detalhes, discordando sobre a marcação da cena. A atriz achava que o posicionamento dela deveria ser outro, mas prevaleceu a minha vontade, pois mostrei que tínhamos apenas duas paredes e estávamos limitados pelo espaço. O resto da equipe encontrava-se em clima de festa, já que as filmagens se encerrariam ao final de um sábado de Carnaval, deixando Ana um pouco ansiosa e a mim particularmente irritado. Sob tensão, ela deu um show de interpretação, mostrando-se uma extraordinária atriz.

Daniel Filho também teve momentos brilhantes e marcantes no filme. Ele se dedicou bastante e arrisco dizer que a atuação do ator foi melhor do que em *Romance da Empregada*. Usei um grande truque de câmera para fazer a cena em que o pai da família Alberto, vivido pelo Daniel, discute com o filho Betinho, interpretado pelo ótimo Emílio de Mello. Desde os ensaios, percebi que, nesse momento do filme, teria uma grande cena e ordenei que os operadores filmassem com a câmera na mão. Essa é a única cena de *Querido Estranho* em que a câmera sai do tripé, pois o momento era muito nervoso e exigia essa técnica.

A parte musical do filme ficou a cargo de Celso Fonseca, um excelente profissional que escolheu os momentos do longa que poderiam ser preenchidos por música. A indicação dele foi feita pela produtora Cristina Prochaska, que conhecia a minha deficiência em relação à parte musical. A edição do filme foi uma novela, mas uma novela muito gostosa de se assistir. Daniel fez uma interessante sugestão: *Afaste-se da montagem de* Querido Estranho *e deixe ele ter nascimento espontâneo, deixe que os montadores organizem tudo. O resultado pode não ser o filme que você quer assistir, mas com certeza será o filme que você filmou.* Acatei e deixei que, durante um mês,

Suely Franco gravando a canção-tema do filme

a construção do longa ficasse a cargo de Paulo Henrique Farias e Célia Freitas. Quando assisti, percebi que a estrutura dele estava muito perto da que eu desejava, mas realizei alguns cortes e submeti o filme à apreciação de um grupo de consultores, formado pelo cineasta Cacá Diegues, pelo escritor Sérgio Santana, pelos produtores Bob Costa e Walkiria Barbosa e pelo diretor Roberto Cardim, entre outros profissionais muito experientes, que me fizeram algumas sugestões, utilizadas numa outra montagem. Ouvir a opinião das pessoas é muito importante pois, às vezes, quando realizamos um projeto, ficamos completamente envolvidos e não percebemos onde estão os prováveis ajustes a serem feitos.

Daniel Filho participou de uma projeção do filme e depois me enviou uma carta com trinta sugestões de ajustes, das quais eu aceitei vinte e nove. Ele queria tirar a única cena em que os personagens se imaginam como uma família feliz, alegando que ela quebrava o realismo do filme. Eu, por outro lado, acreditava que não e preferi mantê-la, pois o momento era diferente das demais cenas e, por isso, merecia estar no filme. *Querido Estranho* foi finalizado com noventa e cinco minutos, o mesmo tempo que *Sua Excelência, o Candidato*, e conta com participações especiais de Paulo Betti e Leda Nagle.

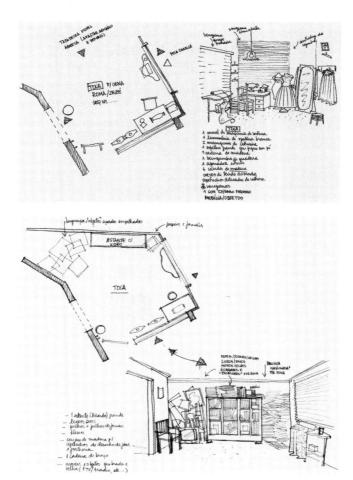

Projetos cenográficos do filme (ainda chamado de Queridos Estranhos)

**Daniel Filho, Suely Franco, Ana Beatriz Nogueira, Claudia Netto
Emílio de Mello, Mario Schoemberger, Paulo Betti, Leda Nagle,
Tonico Pereira, Tereza Seiblitz e Mel Nunes**

— SESSÕES —

7 de outubro de 2002
13:00 no Odeon BR
21:30 no Odeon BR (convidados)

8 de outubro de 2002
14:00 no Estação Ipanema 1
19:00 no Estação Ipanema 1

9 de outubro de 2002
16:30 no São Luiz
21:30 no São Luiz

O longa-metragem, que também teve grandes participações da dupla Claudia Netto e Mário Schoemberger, foi escolhido para abrir o polêmico 30.º Festival de Gramado, em 2002. Achei que Daniel Filho fosse levar o Kikito de melhor ator, já que ele estava muito bem no filme e a crítica e o público haviam gostado da atuação dele. Momentos antes do anúncio, vivi segundos de apreensão. Estava torcendo para Daniel conquistar o prêmio, pois era mais do que merecido. O júri, no entanto, não se sensibilizou e entregou a estatueta para Alexandre Moreno, por sua atuação em *Uma Onda no Ar* (2002), de Helvécio Ratton. Confesso que me decepcionei bastante com a escolha, aprendendo uma lição: a de esperar o resultado ser anunciado, antes de sequer pensar em comemorar uma premiação. As surpresas do 30.º Festival de Gramado não foram reservadas apenas para o meu segundo filme. Priscilla Rozenbaum, de *Separações* (2003), faturou o Kikito de melhor atriz, surpreendendo a todos. Durante a premiação, muitas pessoas lamentaram que Etty Fraser, do memorável *Durval Discos* (2002), não tivesse recebido o troféu. *Querido Estranho* ganhou o Kikito de melhor ator coadjuvante pela atuação de Emílio de Mello, o que me deixou bastante feliz: esse foi o primeiro prêmio da carreira do brilhante ator.

Com *Querido Estranho*, participei também de inúmeros festivais internacionais, como o 3rd Tiburon Film Festival, em março de 2004, nos Estados Unidos; e o USA Latin Internacional Film Festival, em novembro de 2003, em Nova York. No Brasil, o longa foi exibido em muitas mostras e eventos, entre eles a 26.ª Mostra de Cinema de São Paulo, em 2002; 1.ª Mostra de Cinema dos Países do Mercosul, em 2002, em Brasília; e 2.º Festival de Cinema de Varginha, em 2003, em Minas Gerais, no qual faturou os prêmios de melhor filme e melhor roteiro. *Querido Estranho* entrou em cartaz no dia 23 de julho de 2004, contando com o suporte de divulgação e promoção da Globo Filmes. O objetivo era atingir um público interessado na mescla do cinema arte e de cinema comercial, mas o filme enfrentou uma forte concorrência, principalmente das produções americanas *Fahrenheit 9/11* (2004), de Michael Moore, *Harry Potter e o Prisioneiro de Azkaban* (2004), de Alfonso Cuarón, e *Shrek 2* (2004), de Andrew Adamson, Kelly Asbury e Conrad Vernon. Esses filmes, de alguma forma, interferiram na bilheteria de *Querido Estranho*, que, até o começo de 2005, fez pouco mais de trinta mil espectadores, mas acredito que ele terá vida longa em DVD e na televisão, emocionando e encantando telespectadores.

BRAZIL

2002

QUERIDO ESTRANHO

Ricardo Pinto e Silva

Baseado na premiada peça "Intensa Magia", de Maria Adelaide Amaral, o filme traz a história de Alberto, patriarca de uma família que, reunida no dia de seu aniversário, fica sabendo do noivado da filha mais nova, Zezé. As datas comemorativas sempre provocaram angústia entre os membros da família, mas a mãe sempre insistia em reunir a todos. Nessas datas, ninguém podia imaginar qual seria o estado de espírito do pai. A ocasião desencadeia emoções que levam Alberto a expor dores e frustrações de um homem que colocou a família acima de tudo, inclusive de seus anseios pessoais. O pai começa ironizando cada um e, num crescendo cada vez mais cruel e mordaz, atinge o ponto fraco de todos, criando uma insuportável tensão. Não faltarão insultos, acusações, queixas e um discurso ressentido, típico das famílias infelizes.

DARLING STRANGER

Based on the award-winning play "Intensa Magia", by Maria Adelaide Amaral, the film tells the story of Alberto, the patriarch of the family that is informed of the engagement of the youngest daughter Zezé at a family gathering for his birthday. Commemorative dates have always been a source of anguish among the members of the family; however, the mother has always insisted on family get-togethers. No one could possibly imagine in what frame of mind the father might be in on these occasions. The event triggers feelings that cause Alberto to give vent to his pain and frustration of a man who placed the family above all, including his personal ambition. The father begins by ironizing each and every one and, in a crescendo that is ever more cruel and bitter, he touches on the weak point of each and all, thereby generating intolerable tension. There will be no lack of insults, accusations, complaints, and resentful discourse, typical of unhappy families.

Produtor e cineasta há vinte anos, participou de mais de 20 longas-metragens, como produtor, roteiros, diretor, assistente de direção ou diretor de produção. Sua estréia como cineasta foi com **Sua Excelência, o Candidato**, de 1990. Antes, dirigiu os curtas Adultério (1998) e Zabumba (1984). Como produtor, atuou em Viva Voz (2001), O Filho Predileto (2001), Mauá, o Imperador e o Rei (1998) e Uma Escola Atrapalhada (1990). Querido Estranho é seu segundo longa.

Producer and film maker now for the last 20 years, he has been part of over 20 features as producer, script writer, director, and assistant director, or production director. His first film was **Sua Excelência, o Candidato**, of 1990. He had previously directed short films, Adultério (1998), and Zabumba (1984). As producer, he took active part in Viva Voz (2001), O Filho Predileto (2001), Mauá, o Imperador e o Rei (1998), and Uma Escola Atrapalhada (1990). Dear Strange is his second feature.

direção director _ Ricardo Pinto e Silva
roteiro screenplay _ Ricardo Pinto e Silva
fotografia cinematographer _ Luiz Abramo
montagem editor _ Paulo H. Farias
elenco cast _ Daniel Filho, Suely Franco, Ana B. Nogueira, Claudia Netto, Emílio de Mello, Mario Schoenberger
produtor producer _ Ricardo Pinto e Silva

produção production _ Veredas Comunicação
Rua Julio Otoni, 80, 20241-200
Rio de Janeiro, Brazil, Tel: 55 21 2265 1375.
Fax: 55 21 2265 1375
producao@queridoestranho.com.br

Catálogo da 26° Mostra de Cinema de São Paulo, 2002

Capítulo XI

Idéias em movimento

Muitas pessoas e alguns colegas de trabalho já tentaram me definir com apenas uma palavra. Entretanto, poucos acertaram. Se eu fosse me classificar em poucas letras, diria que sou um *inquieto*. Se você me desse a chance de usar mais uma palavra, eu me chamaria de *alma inquieta*. Você pode até se assustar com esta expressão, mas é assim que eu me sinto. Sou um *homem de alma inquieta*, pois tenho grande necessidade de estar em movimento, de iniciar um novo projeto. Levo à risca uma frase do mestre Humberto Mauro, que, acertadamente, disse que *cinema é cachoeira*, definindo a Sétima Arte como um *movimento*, como a procura e o encontro de uma nova ação, traduzida em funções a serem ocupadas dentro do *set* de filmagem.

Sou sempre movido a impulsos, milhares de impulsos que me norteiam e exigem que eu inicie um próximo projeto o mais rápido possível.

Até porque preciso sobreviver, e cinema é uma forma criativa e prazerosa de atingir esse objetivo. Vivo, então, num permanente exercício da minha imaginação e da sensibilidade para encontrar um bom projeto e para viver com extrema felicidade. Quando termino o trabalho num filme e não começo a colaborar com outro, fico apreensivo. Costumo me referir de forma negativa a esse momento, chamando-o de *descompasso*. Na verdade, é um declive que surge com freqüência entre uma oportunidade e outra, entre o desemprego e o sucesso de uma produção anterior, entre a euforia e uma total depressão diante de um fracasso. A euforia ocorre quando conseguimos um novo financiamento ou quando finalizamos algum projeto com êxito, mas ficamos em depressão se o filme não tiver boa bilheteria ou ótima critica nos veículos de comunicação.

Classifico um filme como um filho. Um filho que a gente cria e ele amadurece, ganhando características próprias. Quando leio um texto que critica negativamente o meu trabalho, acredito, automaticamente, que faltou sensibilidade ao crítico. Na maioria das vezes, defendo-me atacando, proferindo palavras que não falo normalmente. É uma sensação muito ruim, penosa e chega a me dar muito medo. Depois a poeira assenta e leio novamente, tentando entender em que ponto nos distanciamos e porque aquela opinião diverge da minha. Às vezes, compreendo, e, às vezes, fico magoado. Agora, quando leio um texto que elogia o filme, respiro aliviado. Ufa! Ser julgado por uma obra proporciona momentos de tensão constante. Quando um projeto fracassa e não dá certo, repenso como cineasta e como ser humano. Um não se separa do outro, afinal um filme é sempre um desafio, um projeto que usará a minha capacidade de comunicação e de organização para estruturá-lo da melhor forma possível.

Infelizmente, o cinema não é perfeito. Ao mesmo tempo em que me dá um prazer imenso e uma alegria constante, ele gera um eterno desconforto, um desconsolo por não ter a família ao meu lado.

Isso não se restringe ao cinema e pode, na maioria das vezes, ser estendido às produções artísticas em geral. Em Porto Alegre, onde era o diretor de planejamento da minissérie portuguesa *O Segredo*, dormi, durante seis meses, num quarto de hotel, e a solidão se fazia constante. Senti muita falta do doméstico, de, por exemplo, deitar num sofá e dormir na parte da tarde. Sempre, por mais que tenha a companhia de amigos e colegas, sinto falta da minha família. Acho que é natural!

Durante as filmagens, o cineasta presencia momentos ficcionais, aqueles que depois de montados vão para a telona, e momentos de bastidores, que existem para depois ser transformados em histórias. Viver esses dois momentos é realmente interessante e prazeroso, principalmente para um verdadeiro *bicho de cinema* guiado por impulsos que o levam a buscar novos projetos. Essa necessidade é tanta que já adaptei inúmeras histórias para o cinema, tais como *Crimes Conjugais*, baseado no romance de Fernando Bonassi; *A Batalha dos Anjos*, baseado na peça teatral *Till Sverige: Os Nossos Assassinos*, de Luiz Henrique Cardim; *Queda Livre*, baseado num romance de Renato Tapajós e *Trair e Coçar é Só Começar*, baseado na comédia teatral de Marcos Caruso. Infelizmente, os roteiros ainda não foram viabilizados, mas tudo tem o seu devido tempo e acredito fielmente no sucesso cinematográfico deles.

O *Homem Inquieto* é um ser nômade, que vai aonde o futuro filme quer que ele vá, não importando a distância e as discórdias. Quando está viajando ou em busca de um novo trabalho, ele é um ser humano solitário, muitas vezes não compreendido pelos outros. Para diminuir a solidão, busco a literatura. Em Porto Alegre, por exemplo, absorvi o conteúdo de 36 obras. Sempre gostei de ler livros: essa é uma outra paixão, ao lado das fotografias, das imagens.

Capítulo XII

O que vem por aí

20 de agosto de 2007. Os novos projetos do Ricardo estão a pleno vapor e em várias esferas artísticas. Cinema, documentário e até mesmo teatro. Ele realmente não pára.

Soube, por exemplo, que a leitura da peça *Intervalo*, com texto de Dagomir Marquezi e direção do Ricardo, teria uma leitura hoje no auditório do Masp, em São Paulo. Não hesitei e fui ao encontro do cineasta, atrás de novas informações para atualizar esse livro, que, como você sabe, se iniciou em 2004 e precisava urgentemente de mais um capítulo.

Sentados de frente para o palco, após a leitura da peça, Ricardo e eu conversamos por longos minutos. O diálogo rendeu mais uma fita gravada e revelou detalhes até então desconhecidos das novas ações do cineasta. No cinema, ele participa, ao mesmo tempo, de três produções que se encaixam nos extremos "rir" ou "chorar", já muito discutidos anteriormente.

Baseada em livro de Marcelo Carneiro da Cunha, a comédia *Insônia* vai ter a produção do Ricardo e com direção de Beto Souza, que já comandou os sets de *Neto Perde a Sua Alma*. A fase de arrecadação de recursos está bem adiantada, com patrocínio do Banrisul, o edital da empresa RGE e a vitória no concurso Ibermídia. Luana Piovani e os atores argentinos Daniel Kusnica e Nicolás Condito já foram escalados para participar das filmagens, uma co-produção Brasil-Argentina. Nesse momento, o Ricardo seleciona o restante do elenco, pensa em mudar o nome do filme para *Socorro, Meu Pai Tem que Casar* e revisa o roteiro que leva a sua assinatura e a de Lulu Silva Telles.

O cineasta prepara também *Dores, Amores e Assemelhados*, baseado em um livro de Cláudia Tajes sobre dois amigos recém-casados que decidem largar seus parceiros e, mais tarde, começam a namorar. É uma co-produção Brasil-Portugal, em fase de roteirização pela portuguesa Patrícia Muller. A protagonista desse longa, que tem a direção do Ricardo, já está definida e será Kiara Sasso.

O terceiro projeto do cineasta, dessa vez na produção executiva, deve se chamar *Território Livre* ou *Os Inquilinos* e terá direção de Sérgio Bianchi, de *Quanto Vale ou é Por Quilo?* A história é sobre um grupo de pessoas que aluga uma casa e comete alguns crimes.

Já na esfera documentário, Ricardo faz, juntamente com os jornalistas Ivan Martins, Daniel Sasaki e Wagner Willian, uma ampla pesquisa sobre o empresário Mario Wallace Simonsen, dono da Panair, da TV Excelsior e da Comal, a maior exportadora de café do Brasil. Esse trabalho foi uma idéia de Cris de Lucca e deve resultar em um filme de 90 minutos e talvez numa minissérie de TV.

Essa será a segunda inserção do cineasta no gênero documentário, já que, em 2006, ele dirigiu para o programa *Retratos Brasileiros*, do Canal Brasil, uma biografia do cineasta Walter Hugo Khouri, de quem foi assistente de direção em *As Feras*.

Além de filmes e documentários, Ricardo investe seu tempo em teatro, mais precisamente na direção da peça *Intervalo*, cujo texto foi vencedor do Prêmio Funarte de Dramaturgia de 2004 - Região Sudeste, e retrata em tom bem-humorado e em piadas acertadas o universo de uma telenovela.

Esses são até o momento os próximos projetos do Ricardo. Mas, não se espante se, enquanto você estiver lendo este parágrafo, ele filmar um novo roteiro, adaptar um outro livro ou apresentar uma idéia inovadora. O Ricardo realmente não pára e não tem porque fazer isso: transformar histórias em arte de boa qualidade é um dom que não pode e não deve acabar.

Agradecimentos

A partir desse momento, troquei *e-mails* quase que diários com eles. Agradeço muito ao Rubens, ao Marcelo e ao Carlos Cirne pela paciência e por terem acreditado neste projeto, que nasceu como uma simples idéia, ganhando, aos poucos, corpo e forma. Rubens passou-me dicas preciosas e Marcelo e Carlos estiveram sempre presentes para ajudar. Enquanto Ricardo não retornava para São Paulo, cheguei a fazer algumas viagens (físicas) e, numa delas, voltei com mais idéias, inclusive a de escrever este texto final.

Obrigado também aos cineastas Carlos Reichenbach, Guilherme de Almeida Prado, João Batista de Andrade e Paulo Morelli por darem depoimentos e obrigado ao diretor Ricardo Zimmer pelas conversas que tivemos e por me incentivar a gostar cada vez mais de Cinema. Agradeço às empresas Appel Filmes, Consórcio Europa, Imagem Filmes, Produções Cinematográficas LC Barreto, O2 Filmes, Raiz Filmes, Star Filmes, Veredas Comunicação e Arte e também Zabumba Cinema e Vídeo por liberarem fotografias para este livro. Registro aqui que Ricardo e seu pai, Eduardo Luiz Pinto e Silva, abriram com grande alegria os arquivos pessoais para que eu pudesse selecionar as fotografias e escolhê-las para ilustrar o livro. Ah! Faltou um muito obrigado às empresas que, por algum motivo, não puderam ceder fotografias. Essa atitude somente valoriza as fotos que aqui estão publicadas.

Agradeço também as informações compartilhadas com os amigos e colegas do *site Cineminha*, que ganhou, em 2005, na categoria voto popular, o prêmio Quepe do Comodoro 2004, oferecido pelo cineasta Carlos Reichenbach ao melhor *site* de Cinema.

Meu muito obrigado ao Ricardo, por ter abraçado a idéia da biografia e por me atender com motivação, atenção e envolvimento total.

Pós-Fácio

Meus filhos queridos, Suzana e Pedro, convivemos distantes em muitas vezes. Mas, saibam que os homens têm seus sonhos e que nunca devemos nos afastar deles. Que os meus projetos e os trabalhos que vocês venham a realizar ajudem a manter a paz e a aumentar a capacidade de tolerância entre os nossos semelhantes. Confiem sempre em suas vocações e nos seus talentos!

Filmografia

Diretor de longa-metragem

2002
* *Querido Estranho*
Elenco: Daniel Filho, Emílio de Mello, Ana Beatriz Nogueira e Suely Franco - Roteiro: José Carvalho e Ricardo Pinto e Silva - Produção: Ricardo Pinto e Silva e Cristina Prochaska - Música: Celso Fonseca - Fotografia: Luís Abramo - Direção de Arte: Lídia Kosovsky, Cristina Prochaska e Angela Choma - Edição: Paulo H. Farias e Célia Freitas - 95 min.

1992
* *Sua Excelência, o Candidato*
Elenco: Renato Borghi, Lucinha Lins, Cláudio Mamberti, Iara Jamra, Renato Consorte, Eurico Martins, Giovanna Gold, Ken Kaneko e Supla - Roteiro: Jandira Martini, Marcos Caruso, Caito Junqueira e Ricardo Pinto e Silva - Produção: Mariza Leão e Ricardo Pinto e Silva - Música: Jota Morais - Fotografia: Carlos Reichenbach - Direção de Arte: Luiz Fernando Pereira - Edição: Idê Lacreta e Cristina Amaral - 94 min.

Diretor de curta-metragem

1988
* *Adultério*
Elenco: Otávio Augusto, Suzana Faini e Laura Cardoso - 11 min.

1984
• *Zabumba*
Animação - 7 min.

Montagem de curta-metragem

1984
• *Zabumba*

Produção de curta-metragem

1988
• *Adultério*

1986
• *The MASP Movie*
Direção: Hamilton Zini Jr, Salvador Messina e Sylvio Pinheiro

• *A Bicharada da Dra. Schwartz*
Direção: Regina Redha

• *Ma Quê, Bambina!*
Direção: A. S. Cecílio Neto

1984
• *Zabumba*

1983
• *A Morte Como Ela É*
Direção: Marcelo Durst

1982
• *Verão*
Direção: Wilson Barros

• *Cordel*
Direção: Daniel Brazil

Diretor-Assistente de longa-metragem

2005
• *Snake King*
Direção: Allan Goldstein - Elenco: Caco Monteiro, Jayne Heitmeyer e Stephen Baldwin

2003
• *O Preço da Paz*
Direção: Paulo Morelli - Elenco: Lima Duarte, Giulia Gam, José de Abreu, Camila Pitanga e Danton Mello - Produção: Mauricio Appel - Edição: Paulo Morelli - Roteiro: Walter Negrão - 103 min.

2002
• *O Mar por Testemunha (Dead in the water)*
Direção, roteiro e produção: Gustavo Lipsztein - Elenco: Henry Thomas, Dominique Swain, Scott Bairstow e José Wilker - 90 min.

1997
• *Guerra de Canudos*
Direção: Sérgio Rezende - Elenco: José Wilker, Cláudia Abreu, Paulo Betti, Marieta Severo e José

de Abreu - Produção: Morena Filmes - Roteiro: Sérgio Rezende e Paulo Halm - 170 min.

• *O Cangaceiro*
Direção, roteiro e produção: Aníbal Massaíni Neto - Elenco: Paulo Gorgulho, Alexandre Paternost, Luiza Tomé e Ingra Liberato - 120 min.

1995
• *As Feras*
Direção: Walter Hugo Khouri - Elenco: Nuno Leal Maia, Cláudia Liz, Lúcia Veríssimo, Luiz Maçãs e Beth Prado - Produção: Aníbal Massaíni Neto - Roteiro: Lauro César Muniz e Frank Wedekind - 94 min.

1994
• *Lamarca*
Direção: Sérgio Rezende - Elenco: Paulo Betti, Carla Camurati, José de Abreu, Selton Mello e Nelson Xavier - Roteiro: Alfredo Oroz e Sérgio Rezende - 130 min.

1989
• *Os Trapalhões na Terra dos Monstros*
Direção: Flávio Migliaccio - Elenco: Renato Aragão, Dedé Santana, Mussum, Zacarias, Angélica e Gugu - Produção: Renato Aragão e Embrafilme - Roteiro: Sérgio Rezende e Jorge Duran - 91 min.

- ***Doida Demais***
Direção: Sérgio Rezende - Elenco: Manfredo Bahia, Paulo Betti, Vera Fischer, José Wilker e Ítalo Rossi - Produção: Paulo César Ferreira e Mariza Leão - 105 min.

Assistente de Direção de longa-metragem

1987
- ***A Dama do Cine Shangai***
Direção e roteiro: Guilherme de Almeida Prado - Elenco: Antônio Fagundes, Miguel Falabella, José Mayer, Maitê Proença e Imara Reis - Produção: Star Filmes e Raiz Filmes - 115 min.

- ***O País dos Tenentes***
Direção e roteiro: João Batista de Andrade - Elenco: Paulo Autran, Giulia Gam, Paulo Gorgulho, Cássia Kiss e Ricardo Petraglia - Produção: Raiz Produções - 85 min.

1986
- ***O Homem da Capa Preta***
Direção: Sérgio Rezende - Elenco: José Wilker, Marieta Severo, Isolda Cresta, Carlos Gregório e Tonico Pereira - Produção: Morena Filmes e Embrafilmes - Roteiro: Tairone Feitosa, José Louzeiro e Sérgio Rezende - 120 min.

1984
• *Flor do Desejo*
Direção e roteiro: Guilherme de Almeida Prado - Elenco: Guilherme Abrahão, Lêda Amaral, Delta Araújo, Imara Reis e Tamara Taxman - Produção: Célia Carbone, Arão Feldgos e Carlos Eduardo Valente - 105 min.

1983
• *Além da Paixão*
Direção: Bruno Barreto - Elenco: Regina Duarte, Paulo Castelli, Patricio Bisso, Kiki Cunha Bueno e Emile Edde - Produção: Lucy Barreto, Antônio Calmon e Luiz Carlos Barreto Produções Artísticas - Roteiro: Antônio Calmon - 85 min.

Diretor de Produção de longa-metragem

2002
• *Um Crime Nobre*
Direção: Walter Lima Jr - Elenco: Ornella Muti, Reginaldo Farias, Cláudio Marzo e Alessandra Negrini - Roteiro: Marcos Bernstein e João Emanuel Carneiro

Produtor-Executivo de longa-metragem

2003
• *Viva-voz*
Direção: Paulo Morelli - Elenco: Paulo Gorgulho, Vivianne Pasmanter, Ernani Moraes e Dan Stul-

bach - Produção: Andréa Barata Ribeiro - Roteiro: Márcio Alemão - 87 min.

2002
• ***Querido Estranho***

1999
• ***Mauá, o Imperador e o Rei***
Direção: Sérgio Rezende - Elenco: Paulo Betti, Malu Mader, Othon Bastos, Elias Mendonça e Jorge Neves - Roteiro: Paulo Halm, Sérgio Rezende e Joaquim Vaz de Carvalho - 135 min.

1997
• ***O Cangaceiro***
Direção e roteiro: Aníbal Massaíni Neto - Elenco: Paulo Gorgulho, Alexandre Paternost, Luiza Tomé e Ingra Liberato - 120 min.

1992
• ***Sua Excelência, o Candidato***

1990
• ***Uma Escola Atrapalhada***
Direção: Antônio Rangel - Elenco: Renato Aragão, Angélica, Jandira Martini, Dedé Santana, Mussum e Zacarias - Produção: Márcia Bourg e Paulo Aragão Neto - Roteiro: Paulo Aragão Neto e Renato Aragão - 90 min.

Roteirista de longa-metragem

2002
• *Querido Estranho*

1992
• *Sua Excelência, o Candidato*

1989
• *Os Trapalhões na Terra dos Monstros*

Índice

Apresentação - Hubert Alquéres	5
Prólogo - Rodrigo Capella	13
Viagem do Acaso	25
Amadurecimento	33
Formação	69
Assistente de direção	89
Diretor assistente	125
Roteirista	159
Produtor-executivo	165
Diretor de Produção	181
Sua Excelência, o Candidato	185
Querido Estranho	205
Idéias em movimento	221
O que vem por aí	225
Agradecimentos	229
Pós-Fácio	231
Filmografia	233

Créditos das fotografias

Peter Scheier 34
Giselle Chamma 124
Demais fotografias: acervo Ricardo Pinto e Silva

Coleção Aplauso

Série Cinema Brasil

Alain Fresnot – Um Cineasta sem Alma
Alain Fresnot

Anselmo Duarte – O Homem da Palma de Ouro
Luiz Carlos Merten

Ary Fernandes – Sua Fascinante História
Antônio Leão da Silva Neto

Bens Confiscados
Roteiro comentado pelos seus autores Daniel Chaia
e Carlos Reichenbach

Braz Chediak – Fragmentos de uma Vida
Sérgio Rodrigo Reis

Cabra-Cega
Roteiro de Di Moretti, comentado por Toni Venturi
e Ricardo Kauffman

O Caçador de Diamantes
Roteiro de Vittorio Capellaro, comentado por Máximo Barro

Carlos Coimbra – Um Homem Raro
Luiz Carlos Merten

Carlos Reichenbach – O Cinema Como Razão de Viver
Marcelo Lyra

A Cartomante
Roteiro comentado por seu autor Wagner de Assis

Casa de Meninas
Romance original e roteiro de Inácio Araújo

O Caso dos Irmãos Naves
Roteiro de Jean-Claude Bernardet e Luis Sérgio Person

Como Fazer um Filme de Amor
Roteiro escrito e comentado por Luiz Moura e José Roberto Torero

Críticas de Edmar Pereira – Razão e Sensibilidade
Org. Luiz Carlos Merten

Críticas de Jairo Ferreira – Críticas de invenção:
Os Anos do São Paulo Shimbun
Org. Alessandro Gamo

Críticas de Luiz Geraldo de Miranda Leão –
Analisando Cinema: Críticas de LG
Org. Aurora Miranda Leão

Críticas de Ruben Biáfora – A Coragem de Ser
Org. Carlos M. Motta e José Júlio Spiewak

De Passagem
Roteiro de Cláudio Yosida e Direção de Ricardo Elias

Desmundo
Roteiro de Alain Fresnot, Anna Muylaert e Sabina Anzuategui

Djalma Limongi Batista – Livre Pensador
Marcel Nadale

Dogma Feijoada: O Cinema Negro Brasileiro
Jeferson De

Dois Córregos
Roteiro de Carlos Reichenbach

A Dona da História
Roteiro de João Falcão, João Emanuel Carneiro e Daniel Filho

Fernando Meirelles – Biografia Prematura
Maria do Rosário Caetano

Fome de Bola – Cinema e Futebol no Brasil
Luiz Zanin Oricchio

Guilherme de Almeida Prado – Um Cineasta Cinéfilo
Luiz Zanin Oricchio

Helvécio Ratton – O Cinema Além das Montanhas
Pablo Villaça

O Homem que Virou Suco
Roteiro de João Batista de Andrade, organização de Ariane Abdallah e Newton Cannito

João Batista de Andrade – Alguma Solidão e Muitas Histórias
Maria do Rosário Caetano

Jorge Bodanzky – O Homem com a Câmera
Carlos Alberto Mattos

José Carlos Burle – Drama na Chanchada
Máximo Barro

Maurice Capovilla – A Imagem Crítica
Carlos Alberto Mattos

Narradores de Javé
Roteiro de Eliane Caffé e Luís Alberto de Abreu

Pedro Jorge de Castro – O Calor da Tela
Rogério Menezes

Rodolfo Nanni – Um Realizador Persistente
Neusa Barbosa

Ugo Giorgetti – O Sonho Intacto
Rosane Pavam

Viva-Voz
Roteiro de Márcio Alemão

Zuzu Angel
Roteiro de Marcos Bernstein e Sergio Rezende

Série Crônicas

Crônicas de Maria Lúcia Dahl – O Quebra-cabeças
Maria Lúcia Dahl

Série Cinema

Bastidores – Um Outro Lado do Cinema
Elaine Guerini

Série Ciência & Tecnologia

Cinema Digital – Um Novo Começo?
Luiz Gonzaga Assis de Luca

Série Teatro Brasil

Alcides Nogueira – Alma de Cetim
Tuna Dwek

Antenor Pimenta – Circo e Poesia
Danielle Pimenta

Cia de Teatro Os Satyros – Um Palco Visceral
Alberto Guzik

Críticas de Clóvis Garcia – A Crítica Como Oficio
Org. Carmelinda Guimarães

Críticas de Maria Lucia Candeias – Duas Tábuas e Uma Paixão
Org. José Simões de Almeida Júnior

João Bethencourt – O Locatário da Comédia
Rodrigo Murat

Leilah Assumpção – A Consciência da Mulher
Eliana Pace

Luís Alberto de Abreu – Até a Última Sílaba
Adélia Nicolete

Maurice Vaneau – Artista Múltiplo
Leila Corrêa

Renata Palottini – Cumprimenta e Pede Passagem
Rita Ribeiro Guimarães

Teatro Brasileiro de Comédia – Eu Vivi o TBC
Nydia Licia

O Teatro de Alcides Nogueira – Trilogia: Ópera Joyce – Gertrude Stein, Alice Toklas & Pablo Picasso – Pólvora e Poesia
Alcides Nogueira

O Teatro de Ivam Cabral – Quatro textos para um teatro veloz: Faz de Conta que tem Sol lá Fora – Os Cantos de Maldoror – De Profundis – A Herança do Teatro
Ivam Cabral

Teatro de Revista em São Paulo – De Pernas para o Ar
Neyde Veneziano

O Teatro de Samir Yazbek: A Entrevista – O Fingidor – A Terra Prometida
Samir Yazbek

Teresa Aguiar e o Grupo Rotunda
Ariane Porto

Série Perfil

Aracy Balabanian – Nunca Fui Anjo
Tania Carvalho

Ary Fontoura – Entre Rios e Janeiros
Rogério Menezes

Bete Mendes – O Cão e a Rosa
Rogério Menezes

Betty Faria – Rebelde por Natureza
Tania Carvalho

Carla Camurati – Luz Natural
Carlos Alberto Mattos

Cleyde Yaconis – Dama Discreta
Vilmar Ledesma

David Cardoso – Persistência e Paixão
Alfredo Sternheim

Emiliano Queiroz – Na Sobremesa da Vida
Maria Leticia

Etty Fraser – Virada Pra Lua
Vilmar Ledesma

Gianfrancesco Guarnieri – Um Grito Solto no Ar
Sérgio Roveri

Glauco Mirko Laurelli – Um Artesão do Cinema
Maria Angela de Jesus

Ilka Soares – A Bela da Tela
Wagner de Assis

Irene Ravache – Caçadora de Emoções
Tania Carvalho

Irene Stefania – Arte e Psicoterapia
Germano Pereira

John Herbert – Um Gentleman no Palco e na Vida
Neusa Barbosa

José Dumont – Do Cordel às Telas
Klecius Henrique

Leonardo Villar – Garra e Paixão
Nydia Licia

Lília Cabral – Descobrindo Lília Cabral
Analu Ribeiro

Marcos Caruso – Um Obstinado
Eliana Rocha

Maria Adelaide Amaral – A Emoção Libertária
Tuna Dwek

Marisa Prado – A Estrela, O Mistério
Luiz Carlos Lisboa

Miriam Mehler – Sensibilidade e Paixão
Vilmar Ledesma

Nicette Bruno e Paulo Goulart – Tudo em Família
Elaine Guerrini

Niza de Castro Tank – Niza, Apesar das Outras
Sara Lopes

Paulo Betti – Na Carreira de um Sonhador
Teté Ribeiro

Paulo José – Memórias Substantivas
Tania Carvalho

Pedro Paulo Rangel – O Samba e o Fado
Tania Carvalho

Reginaldo Faria – O Solo de Um Inquieto
Wagner de Assis

Renata Fronzi – Chorar de Rir
Wagner de Assis

Renato Consorte – Contestador por Índole
Eliana Pace

Rolando Boldrin – Palco Brasil
Ieda de Abreu

Rosamaria Murtinho – Simples Magia
Tania Carvalho

Rubens de Falco – Um Internacional Ator Brasileiro
Nydia Licia

Ruth de Souza – Estrela Negra
Maria Ângela de Jesus

Sérgio Hingst – Um Ator de Cinema
Máximo Barro

Sérgio Viotti – O Cavalheiro das Artes
Nilu Lebert

Silvio de Abreu – Um Homem de Sorte
Vilmar Ledesma

Sonia Oiticica – Uma Atriz Rodrigueana?
Maria Thereza Vargas

Suely Franco – A Alegria de Representar
Alfredo Sternheim

Tony Ramos – No Tempo da Delicadeza
Tania Carvalho

Vera Holtz – O Gosto da Vera
Analu Ribeiro

Walderez de Barros – Voz e Silêncios
Rogério Menezes

Zezé Motta – Muito Prazer
Rodrigo Murat

Especial

Agildo Ribeiro – O Capitão do Riso
Wagner de Assis

Carlos Zara – Paixão em Quatro Atos
Tania Carvalho

Cinema da Boca – Dicionário de Diretores

Alfredo Sternheim

Dina Sfat – Retratos de uma Guerreira
Antonio Gilberto

Eva Todor – O Teatro de Minha Vida
Maria Angela de Jesus

Eva Wilma – Arte e Vida
Edla van Steen

Gloria in Excelsior – Ascensão, Apogeu e Queda do Maior Sucesso da Televisão Brasileira
Álvaro Moya

Lembranças de Hollywood
Dulce Damasceno de Britto, organizado por Alfredo Sternheim

Maria Della Costa – Seu Teatro, Sua Vida
Warde Marx

Ney Latorraca – Uma Celebração
Tania Carvalho

Raul Cortez – Sem Medo de se Expor
Nydia Licia

Sérgio Cardoso – Imagens de Sua Arte
Nydia Licia

Formato: 12 x 18 cm

Tipologia: Frutiger

Papel miolo: Offset LD 90g/m^2

Papel capa: Triplex 250 g/m^2

Número de páginas: 256

Tiragem: 1.500

Editoração, CTP, impressão e acabamento:
Imprensa Oficial do Estado de São Paulo

© imprensaoficial 2006

Dados Internacionais de Catalogação na Publicação
Biblioteca da Imprensa Oficial do Estado de São Paulo

Capella, Rodrigo
   Ricardo Pinto e Silva :rir ou chorar/ Rodrigo Capella – São Paulo : Imprensa Oficial do Estado de São Paulo, 2007
   256p. : il. – (Coleção aplauso. Série cinema Brasil/ coordenador geral Rubens Ewald Filho).

   ISBN 978-85-7060-400-2 (Imprensa Oficial).

   1. Cineastas – Brasil 2. Cinema – Produtores e diretores 3. Silva, Ricardo Pinto e - I. Ewald Filho, Rubens. II. Título. III. Série.

CDD – 791.430 981

Índices para catálogo sistemático:
1. cineastas brasileiros : biografia
791.430 981

Foi feito o depósito legal na Biblioteca Nacional
(Lei nº 10.994, de 14/12/2004)
Direitos reservados e protegidos pela lei 9610/98

Imprensa Oficial do Estado de São Paulo
Rua da Mooca, 1921   Mooca
03103-902   São Paulo   SP
www.imprensaoficial.com.br/livraria
livros@imprensaoficial.com.br
Grande São Paulo SAC 11 5013 5108 | 5109
Demais localidades 0800 0123 401

Coleção *Aplauso* | em todas as livrarias e no site
www.imprensaoficial.com.br/livraria

editoração, ctp, impressão e acabamento

imprensaoficial

Rua da Mooca, 1921 São Paulo SP
Fones: 6099-9800 - 0800 0123401
www.imprensaoficial.com.br